漢字樹

Hanzi Tree

從圖像解開「人」的奧妙

廖文豪——著

編輯手記

「我的語言的限制意味著我的世界的限制。」——維根斯坦

維根斯坦被稱為當代語言哲學的奠基者，他這句話言簡意賅，放諸四海皆準，道出了語言對於人的重要性：語言是經驗的總和，語言有多寬，世界就有多寬。

但是，反過來也可以說，世界有多豐富，語言就有多豐富。不管是通用各地的國際語言，還是某個瀕臨絕跡的少數族群語言，也不管是形諸文字或是口耳相傳。只要是發展為一群人共通的聲音溝通系統，都有其豐富的內涵。

至於如何以書寫符號來記錄語言，不同的文化各有不同的取徑，有些語言走的是拼音的路，以一組符號來表達該語言所使用的聲音元件，像是英文、西班牙文、法文、德文、俄文等幾種國際強勢語言都是拼音文字。拼音的優勢顯而易見，只需要以數量極少的符號就可以表示無窮的聲音組合。

印刷術的問世，更是有利於拼音文字。我們只要想一想，十六世紀歐洲的印坊只要備有三十種左右的活字鉛字，就可以開始印書，而同時期明代的印坊卻是少說得做出上千個活字才能運作，兩者之間投注的資源和產出的效率，有多麼大的差別啊！

歐洲的知識傳播在使用活字印刷術之後突飛猛進，與歐洲文字採用拼音系統有很大的關係。這層優勢看在二十世紀的蔡元培、瞿秋白眼中，當然會覺得以象形為根基的漢字是落伍的，應該予以「羅馬化」、「拉丁化」，改成拼音文字，才是正途。蔡元培是中央研究院第一任院長，他在南京政府時期推出的「國語羅馬字」遭到冷落。而做過中共總書記的瞿秋白死於國民政府槍下，中文拉丁化雖然有些成效，但也難以為繼。不過，中共建政之後，「中國文字改革」的工作繼續進行，最後出現了今天在中國大陸通用的簡體字。

或許是中國的積弱使得蔡、瞿等人（還包括趙元任）無視於中文的優勢：歷經了數千年發展，形成出一套完備的符號系統，許多先民的生活方式、地理環境，乃至世界觀與宇宙觀，至今還留存其中。這是其他拼音文字所無法企及的。

只是中文歷經甲骨文、金文、篆書、隸書、楷書，乃至簡體字的發展，筆畫由彎而直，形體也越趨方正，慢慢失去了古代漢字的具象，以致於今天提到漢字的造型，就想到艱澀的文字之學，那是屬於專家的學術角落，一般讀者恐怕難以親近。

初次翻看廖文豪老師的書稿時，浮上心頭的大致是這麼個看法。但是，這個印象隨即被推翻。讀者只要稍加翻個幾頁就可知道，作者重新勾勒了漢字演變的路徑，方便讀者以更直觀的方式來理解「一個字為什麼長這樣而非長那樣」，同時也打破了部首的限制。

所謂的部首，就是許多字所共有的一個零件，被挑出來作為分類的依據。部首往往也代表了意義上的關連，但不見得能描述字與字之間的邏輯關連。比方說，「泳」和「流」都有「水」的偏旁，被歸為「水」部。但其實光是「永」就已經有了水的意涵，而「流」則是描繪嬰兒頭下腳上，順著羊水呱呱墜地。這兩個字都與「水」有關，但是彼此沒有意義的關連。

「流」、「呆」和「教」分屬不同部首，看起來也全無關係，但其實都與「子」有關。嬰兒頭下腳上出世，四肢不發達，意識不明，需要大人用雙手抱持，就是「呆」（所以呆不是上「口」下「木」）。等到過了幾年，大人用手拿筆（攴），帶小孩（子），學畫叉，那就是「教」了。

《漢字樹》從構字的邏輯重建了字與字之間的關連，把原本是象形文字的漢字放回圖像的脈絡來理解，整理出一張又一張的漢字樹狀圖。讀者只要拎起「肉粽頭」，馬上就可以撈起一串字。讓我們這些以中文為母語、時刻接觸而再也不起疑的使用者重新去感受造字的掙扎與想像，也重新建立我們與漢字的關係。

尤其在今天，電腦普及的結果之一便是拿筆寫字的機會越來越少，許多漢字的形音只是個概念，拿起筆寫不出來，或是出現別字的情形屢見不鮮，這都說明了我們跟漢字的緣分日漸淡薄。廖文豪老師的《漢字樹》，無疑以清晰簡明而又趣味盎然的方式，為讀者介紹了漢字之美、漢字之妙，而且閱讀門檻不高，大概是小學高年級以上的程度就可以輕易進入。

文化傳承不需侈言，也無須高言，在我們日常使用的漢字中，就有無窮的寶藏與樂趣可以發掘！

目次

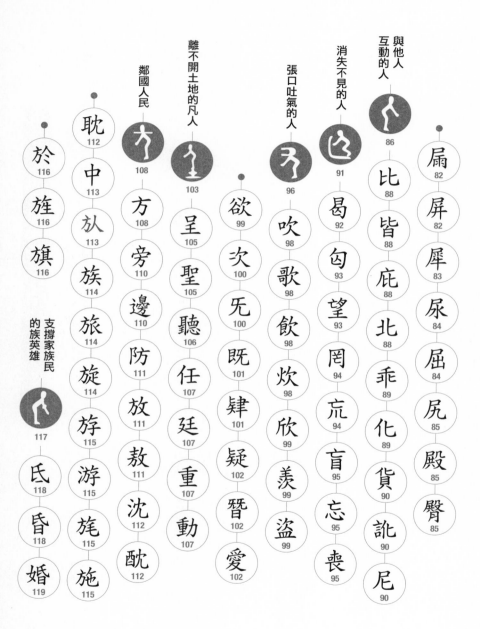

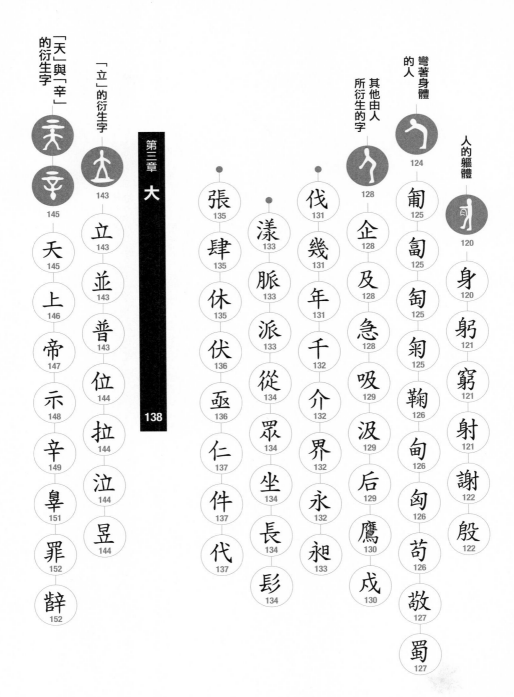

【第一章】……人

大
子
巳
老
人

人的生命週期分成四個階段

胎兒期頭部已經發育，但手腳仍然軟弱無力。身體以長而彎曲的線條表示。

孩童期雙腳還不會行走，只能在地上爬，象徵孩童是個未能獨立自主的人。

長成期手腳功能皆已全備，雙腳已能穩穩站立，有獨立之行為能力。

衰老期這是人最後的階段，一個拄著枴杖的禿髮老人。

這些圖像是不是有點像青蛙的一生？是一隻沒有腳的小蝌蚪，是長出兩腳的蝌蚪則是尾巴消失、四腳發育完全的成蛙？

胎兒期

巳 ㄙˋ
sì

胎兒或新生嬰兒。

從甲骨文到篆體都描繪一個只有頭而沒有四肢的生物。在襁褓中的嬰兒，手腳用布包裹著，因此以一個頭和沒有手腳的身體來表示。

以「巳」為義符衍生出包、妃、巸、祀、祀及起。這五個字都與嬰兒有關。「巳」單獨成字時，表示時辰名，如巳時，指的是上午九點到十一點，這或許是餵養嬰兒的最佳時段。

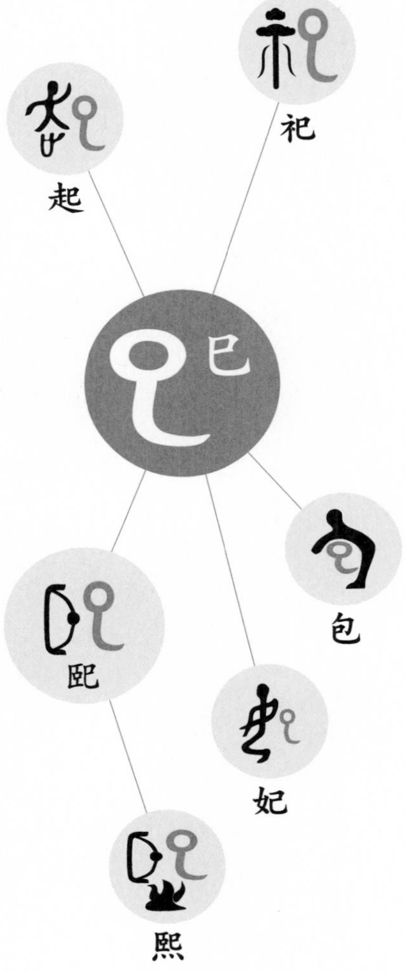

妃 ㄈㄟ

fēi

一個能生育「嬰孩」（）的「女人」（）。

甲骨文、金文及都是在描繪一個能生育嬰孩的女人。

《史記》記載堯有一后三妃，舜升為天子後，立娥皇為后，女英為妃，而先祖黃帝更是有四妃十嬪，生了二十五個王子，派駐各地管理人民，黃帝的王權因而非常穩固而強盛。夏商的君王納妃多半是為了生養眾多，使族群壯大，因為君王無後，可能會引發爭權危機，甚至滅國。像是西漢成帝因為多年無子，於是立定陶王劉欣為太子，繼位之後，史稱漢哀帝。哀帝縱情聲色，好男寵而無子，二十六歲就告去世，於是給了外戚王莽篡奪皇位的機會，最終造成西漢滅亡。有鑑於此，古代帝王除了元配以外，都廣納嬪妃，妃子若是生下男嬰，身價倍增，但如果無法生育，有的甚至淪落為帝王的殉葬品。

到了秦始皇統一文字後的小篆，文字產生變革，被改成，其中的「巳」變成了「己」，似乎藉此來宣告妃就是君王自「己」的「女」人。為什麼有這個變更呢？因為商周以後，帝王都是嬪妃成群。秦始皇滅六國之後，也接收了六國的後宮美女，到了唐朝，更是三千佳麗在後宮，納妃的目的已經不再是為留後，而是為了滿足君王的色慾。

金
篆

甲
金
篆

包 ㄅㄠ bāo

母親彎著身體，「包覆」（）著一個「小嬰兒」（）獻。

「包」的引申義是將東西裹住，相關詞有包裹、包圍、包裝等。以包為聲符所衍生的字有苞、胞、飽、抱、袍、跑、刨、泡、砲、炮等。

祀 ㄙˋ sì

將「新生嬰孩」（）獻給「神」（，示）並請求庇祐。

《史記》與《孔子家語》記載一段孔子誕生的故事，孔子的父親孔紇老年無子，因為擔憂無人能繼承事業，於是娶了第二個太太，生下一個跛腳的孟皮，還是覺得遺憾，就在七十二歲時又娶了當時只有十八歲的顏徵在，兩人為了得子，便前往「尼丘山」向上天祈求，後來，顏徵在果然生下一個健壯的兒子，為了感謝上天於尼丘山上應允夫妻倆的禱告，所以把這個兒子取名丘，字仲尼。

甲骨文的「祀」（）是父母將嬰孩獻給神（）的象形文；另一個甲骨文及篆體、表示兩手（）抱著嬰兒（、）獻給神（、）。兩手抱子的構字意象與呆、保相近（請參見「呆」，第一章，22頁）。金文及篆體則將抱嬰兒的兩手省略。

祀的意思就是「向神獻祭以求庇祐」，也被廣泛引申為一切祭拜的禮儀，如祭祀。台灣民間的「三朝」禮，是在母親產後的第三日，由祖母抱著嬰兒去向神獻祭以求庇祐的一種習俗。另外，布農族於每年七、八月份會舉辦一項傳統祭典，就是在月圓時，族人將嬰孩帶到會場舉行嬰兒祭，求神使嬰孩能長大成為強壯勇士。

篆

甲 金 篆

示ㄕˋ shì

住在「極高」（）之處的天「上」（）神。（請參見「天、上、帝、神」，第三章，145－148頁）。

起ㄑㄧˇ qǐ

一個「嬰兒」（）開始學「走路」（，請參見「走」，第三章，168頁）。嬰兒會爬之後，下一個階段就是學走路，而學走路的第一步要先能站起來，所以「起」的引申義為站立、開始、情況漸漸好轉，相關用詞如起立、起來、起始、起色等。

巸ㄧˊ yí

「嬰兒」（）吃「奶」（，𦣝，ㄧˊ）。金文、描寫女人的「兩個大乳房」及「嬰孩」，用以表示餵嬰兒吃奶。「巸」引申為長大茁壯。巸與姬是兩個明顯的對照，姬（）是一個大乳房的女人，象徵哺育能力強的女子（請參見「姬」，第四章，210頁）。

熙ㄒㄧ xī

在「火」（）堆旁「餵嬰兒吃奶」（）。母親在戶外或夜晚解衣餵奶，寒冷無比。若是能在火堆旁餵奶，母子得溫飽，整個家庭就顯得幸福美滿，引申為溫暖和樂的樣子，相關用詞如熙熙攘攘（熱鬧的人群）、熙陽（溫暖的陽光）。

篆

篆

孩童時期

黃帝娶了十四個妃嬪，一共生了二十五個兒子，其中十四個較有才幹的被分封於各地管理政事，因此鞏固了黃帝的政權，其後的君王如堯、舜、禹及各朝代的開創者如夏、商、周都是黃帝的子孫，因此，太史公司馬遷說：「自黃帝至舜、禹，皆同姓而異其國號，以章明德」。到了今天，許多華人也都以黃帝子孫自居，然而，「子」與「孫」這兩個字的造字本意又是什麼呢？

子 ㄗˇ

zǐ

甲骨文、金文及篆體是孩子的象形文，不描繪雙腳似乎象徵這個人還不能獨立自主。

在漢字構形中，「子」多半代表孩童或子嗣，它的衍生字可分為五大類，其中與孩童教育有關的有「字」、「教」、「學」、「覺」、「孜」等；與生育有關的有「疏」、「流」、「育」、「棄」等；與孩童乳養有關的有「孔」與「乳」；與孩童照顧保護有關的有「呆」、「保」、「仔」、「存」等；而與子嗣有關的有「孫」、「孟」、「季」、「孕」、「好」等。

甲 金 篆

子
孩孤孿孺孥籽孢
教
覺
孜
學
乳
字
保
孔
猛錳艋蜢
好
孟
呆
仔
悸
季
孚
孫
存
遜
了
孨
孕
孑
孛
脖
孓
㐬
棄
悖
育
流
充
疏
勃
毓

吸奶的嬰孩

孔（　）是嬰孩在索食，而乳（　）則是母親在餵食，這兩個圖像字呈現出有趣而溫馨的母子互動。

孔

孔 ㄎㄨㄥˇ

kǒng

孩「子」（　）張嘴吸「母親的奶」（　）。

我們在金文　可以看到一個吸奶的嬰孩（　）及母親的乳房，而篆文　則在母親乳房下加了產後的大肚子（　）。那麼，嬰兒張開的口就是「孔」，（也有學者認為這個孔指的應該是母親乳頭的孔）。從字面來看，「孔」是小洞，所謂的「孔道」就是細小的通道，其他相關用詞像是孔穴、洞孔、開孔等。「孔」也引申出「緊急」的意涵，因為嬰兒肚子餓催著要吸奶，相關用詞如需錢孔急。清朝方苞《書〈盧象晉傳〉後》：「當是時邊事孔急，凡自求試於軍中者，無不立應。」

金

篆

乳

乳 ㄖㄨˇ

rǔ

母親挺著「乳房及大肚子」（　），用手抓（　，爪）著孩子（　）使其貼近自己的胸部，這就是母親在餵奶。

甲骨文　是母親餵乳的象形文，母親以兩手環抱著孩子，使其靠近吸奶。「乳」本義是餵奶，引申出與奶有關的意涵，相關用詞如哺乳、乳汁、乳房等。

甲

篆

仔 ㄗㄞˇ zǎi

站在成「人」（）旁邊的未成年孩「子」（）。

「仔」也被引申為幼小動物或對人的暱稱。

甲 

篆 

呆 ㄉㄞ dāi

需要他人用「兩手」（）扶持的孩「子」（），這是處處依賴人的孩子。

篆 

保 ㄅㄠˇ bǎo

大人（）以兩手托在孩子的腋下（），表示大人在照顧孩童。

既然需要扶持的孩子是「呆」，所以當然需要大人的照顧囉！於是由「呆」衍生出「保」，保的甲骨文、金文及篆體是大人背小孩的象形文，而另一個篆體為了書寫便利，將其調整為，表示一個大人以兩手托在孩子的腋下。「保」是大人又背又抱、照顧孩童的圖像，因此，「保」有照顧弱小的意義，相關詞如保守、保證等。

甲 

金 

篆 

孚 ㄈㄨˊ fú

一隻手抓取（，爪）孩子（）。

在古代，戰勝國往往將戰敗國的成年男子殺死，但俘虜女人及孩童，被抓的女子成為奴（），而被抓的孩童成為孚（），孚之後改做俘（）。俘，就是俘虜。「孚」又轉而引申為「使人信服」的意思，這是因為孩童信任長輩，所以就任其抓取或撫摸，相關用詞如信孚、不孚眾望等。以孚為聲符所衍生的字有孵、浮、俘等。

金 

篆 

存 ㄘㄨㄣˊ cún

孩子（）像一根穩固地「紮在地土裡的木樁」（，才）。

「存」具有穩定生長的引申意涵，相關用詞如生存、存活、保存、存在等。（才）代表一支根部緊緊紮在地土裡的木樁。「才」的甲骨文、金文是一支根部緊緊紮在地土裡的木樁，引申為可供建築用的良材。「在」也是由「才」所衍生的字，在（）表示「紮根生長」（，才）在「土」地（）上，引申為生存於某地。

篆 

了 ㄌㄜ˙ le

或ㄌㄧㄠˇ，liǎo。缺少雙臂的孩子。

「了」的本義為「無」，例如了結、了無。引申為完結、完全、清楚，例如了斷、完了、了解等。《說文》：「了，從子無臂。」一個人若是失去了雙手，可能被認為一生注定要「完了」，但澳洲生命鬥士尼克胡哲（Nick Vujicic）生來就沒手沒腳，但他樂觀地說出「沒手沒腳沒煩惱」的名言，他一生活得比許多好手好腳的人更精采，因為他比許多人都更「了解」生命的意義。

篆 

孑 ㄐㄧㄝˊ

jié

缺少右臂的孩子。

由於只剩下「單」隻手臂，所以引申為「孤單」，相關用詞如孑然一身、孑居等。《說文》：「孑，無右臂也。」

孓 ㄐㄩㄝˊ

jué

缺少左臂的孩子。意義與「孑」相同。

學習從寫字開始

《尚書．多士》記載：「惟殷先人，有冊有典。」既然殷商時代的祖先已經有書冊典籍，就表示文字系統已經相當完備，所以習字是貴族必修的功課。《禮記．王制》也記載：「殷人養國老於右學，養庶老於左學。」由此可知，商人已經有所謂的學校，在學校裡奉養一些有智慧的耆老，讓他們能在學校將知識傳授給年輕人。到了周朝，學校制度除了設有國學（貴族學校）、鄉學之外，教育內容也更為完備，除了習字以外，還傳授禮、樂、射、御、書、數的六藝知識。

字 ㄗˋ

zì

孩子（）在屋子（）裡該學習的事。

古人認為學寫字是孩童在屋子裡該做的事，因為長大了再學寫字是困難的。「字」引申為孩子所練習的語言符號，相關用詞如字體、文字、字典等。（也有學者認為字的原始意涵是「生」，在屋內（宀）生「子」，但是後人多半不接受這

篆

篆

金

篆

個說法。）要讀書，一定要先識字，周朝的兒童八歲入學，首先要學習「文字學」，《漢書·藝文志》記載：「古者八歲入小學，故周官保氏，掌養國子，教之六書，謂象形、象事、象意、象聲、轉注、假借，造字之本也。」大意是說，周朝人八歲讀小學，掌管教育的官員（稱為保氏）除了要教導貴族子弟學習文字以外，還必須教導構字基本原理，如象形、指事、會意等文字學。因此，漢朝將文字學稱為「小學」。唐宋以後，又稱小學為「字學」。我們從字、學兩個字的造字本意，更能體會古人對孩童習字的重視。許多外國人學中文，經過幾年的功夫，雖然會聽會說，但是會寫漢字的人寥寥無幾。漢字需要從小練習，顯然古人早就有此體會。

學 ㄒㄩㄝˊ xüé

孩子（ ）在屋裡（ ）練習寫字（ ）。

甲骨文的學 表示兩隻手在畫××；金文 則增添了一個「字」（ ），使得「學寫字」的意義更加明確。學的本義是孩童練習寫字，引申為對一切事務的學習，相關詞如學習、學校、學童、學門等。「學」簡體字為「学」。

甲 金 篆

覺 ㄐㄩㄝˊ jué

看「見」（ ）了就能把它「學」（ ）起來。

「覺」引申為領悟事理的人，相關用詞如先知先覺、覺悟、覺醒等。「覺」簡體字為「觉」。

篆

教 ㄐㄧㄠ jiāo

ㄐㄧㄠˋ，jiào。**手持枝條（ ，攴）教導孩子（ ）學寫字（××）。**

甲骨文的 表示一隻拿著筆的手在地上畫××，一旁有個小孩（ ）在觀看。金文 及篆體 則將拿著筆的手改教成攴（ ，

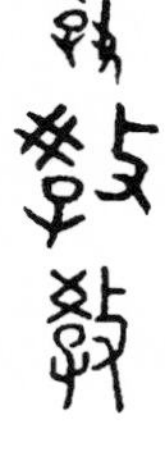

甲 金 篆

攴）表示手持工具。「教」引申為傳授知識或技能，相關用詞如教育、教書、教師、傳教等。許慎的《說文解字》認為「教」是由孝與攴所構成的會意字，這顯然是誤解（請參見「孝」，35頁）。也有學者將「教」解為教導孩童學卜卦（爻），這個解釋恐怕有所偏頗。漢字構件「」具有交錯、參雜、卦符等意涵，許多具有這個構件的字都沒有卜卦的意思，像是「駁」就是指花色斑雜的馬。

孜 ㄗ

zī

孩「子」（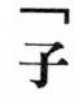）「手持枝條」（）努力學習。

「孜」引申為勤奮學習。相關用詞如孜孜不倦。《漢書》：「孜孜不怠。」《前漢紀》：「夙夜孜孜不已。」

篆

 頭下腳上的孩子

㐬（）表示一個頭下腳上的初生嬰孩。「子」的構形為，倒轉過來就成為。因為嬰孩都是頭先從母腹出來的，所以一個頭下腳上的孩子就是表示剛從母腹生出的孩子。有「㐬」這個構件的字，如流、育、毓、疏、棄等，都具有初生嬰孩的意涵。

疏 ㄕㄨ

shū

母親的「腳」（，疋）一張開，「新生兒」（，㐬）便順著羊水流出（，川）來了。

「疏」引申為排開障礙物使河水流通，相關用詞如疏通、疏散、疏忽

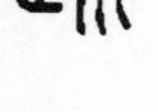
金

篆

等。《說文》：「疏，通也。」

流 ㄌㄧㄡˊ liú

羊「水」（　）因故提前破裂，導致「新生兒」（　）「流」（　）失。

古代的懷孕婦女常常因為過度勞動而使羊水提早破裂，嬰兒流產屢見不鮮。篆體及是一幅母親流產的畫面，表示剛出生的嬰孩順著水流而出，然而因為嬰兒還沒發育完全，羊水大量排出而夭折。流的本意是流產，後來廣泛引申為一切物體的流動，相關用詞如水流、流汗、流芳等。

毓 ㄩˋ yù

新生兒（　）一個個流出（　），像「母親的頭髮」（　，每）一樣多。

甲骨文及金文表示「新生兒」（　，　）從「女」人（　）身上「流」出（　）。金文及篆體把「女」人改為「母」親（　）。古人期待生養眾多使族群壯大，因此，另一個篆體將「母」添加頭髮而成為「每」（　，請參見「每」，第四章，205頁），表示努力「生孩子」，使子孫像「母親的頭髮」一樣多。毓是繁殖、生育、養育的意思。

育 ㄩˋ yù

「初生嬰孩」（　）是母親身上的一塊「肉」（　）。

俗話說：「孩子是母親的心頭肉。」因此要好好愛護及撫養。「育」引申為生產並撫養，相關用詞如生育、養育、教育等。

金 篆

甲 金 篆

篆

棄 ㄑㄧˋ qì

雙手（ ）將出生嬰孩（ ）裝在「畚箕」（ ）裡。

甲骨文 表示雙手將孩子裝在畚箕裡，企圖把他丟棄，其中， 為畚箕的象形文，衍生出其（ ）、基（ ）、箕（ ）等字。

「棄」引申為丟掉，相關用詞如廢棄、棄嬰等。周朝的祖先名為「棄」，《史記》記載其名字來由。有一天，帝嚳的元妃姜原在野外看見巨人足跡，因好奇而前去踩踏，因而懷孕生子，姜原認為不吉利，將嬰兒丟棄於窄巷，結果馬與牛經過卻避開而不去踐踏，姜原又將嬰兒輾轉丟棄到森林、溝渠等地，但是飛鳥竟然飛過來用羽翼覆蓋保護它，最後姜原只好收留並撫養，將他取名為棄。棄長大後，擅長農耕，做了堯的農官，後人稱他為后稷。「棄」簡體字為「弃」，表示雙手抱著出生嬰孩，少了畚箕，似乎難以讓人理解成棄嬰。

充 ㄔㄨㄥ chōng

嬰孩（ ）已長大成人（ ，儿）了。

篆體 意表從前出生的嬰孩，如今已經長大了。 代表雙腳能站立的人（請參見「儿」，第二章，46頁）。「充」的引申義是填滿，相關用詞如充斥、冒充等。《說文》：「充，長也。」

兒子與孫子

孕 ㄩㄣˋ yùn

挺著大肚子的人（，乃）懷「子」（）。

甲骨文及篆體描繪一個挺著大肚子的人懷著孩子，相關用詞如孕育、孕婦等。《說文》：「孕，裹子也。」

乃（）在構字裡都具有大肚子或飽滿的意涵，如秀（）代表含著飽滿稻穗（）的禾（）草；盈（）代表器皿（）裝滿（）食物。「奶」代表「女」人身上的「飽滿」器官。

甲 篆

好 ㄏㄠˇ hǎo

有孩「子」（）的「女」人（），美善也。

「好」引申為美、善、值得稱許，相關用詞如美好、好友等。「好」也可解釋為有女人及孩子的男子。古代的男子渴望有女人及孩子，因此，有學者將好解釋為「有女人及孩子者為好。」

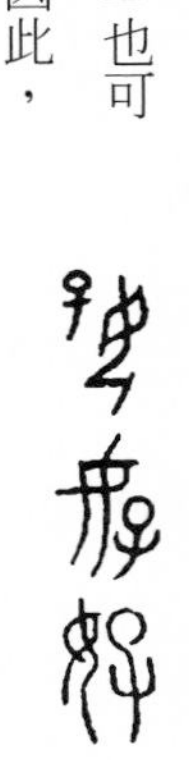

甲 金 篆

孫 ㄙㄨㄣ sūn

一代代接續（）的孩子（）。

甲骨文及金文是由「子」及「糸」所構成，糸（）是一長串交纏的臍帶或絲繩，表示延續不斷，因此，孫具有「子女的子女」的意義；篆體將糸改成「系」（，繫繩）。孫的相關用詞如子孫、外孫等。《說文》：「子之子曰孫，從子從系，系續也」。「孫」簡體字為「孙」，小子。

甲 金 篆

孟 ㄇㄥˋ mèng

在盆子（，皿）裡洗澡的孩子（）。

中國歷代的王位繼承主要採用嫡長子方式，這是源自於殷商後期的帝王產生模式，因此，長子具有較多的特權。例如，長子具有祭祀的代表權，祭祀前要更衣沐浴。先民住在較缺水的北方，農作物以種植耐旱的小麥為主，所以對於水資源異常珍惜，不常洗澡，如果有機會能泡在大盆子裡洗澡，那真是奢侈的享受，但這似乎是長子的特權。

古人以孟、仲、季來表示三兄弟或每一季之月份排序，例如孔子的哥哥排行老大，故名孟皮，孔子排行第二，所以名叫仲尼。《說文》：「孟，長也。」

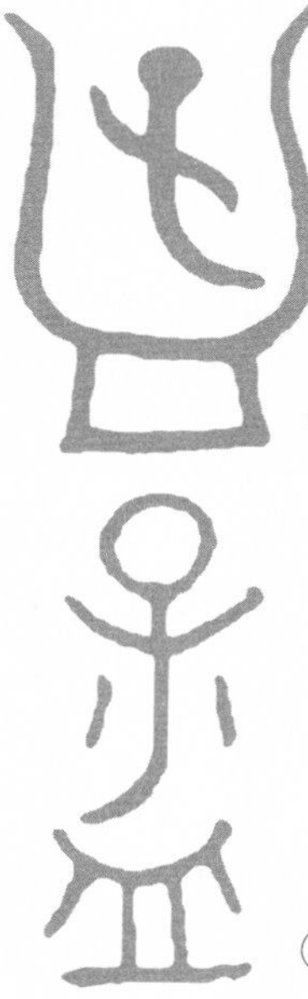

金 篆

季 ㄐㄧˋ jì

孩子（）幼小如「禾」苗（），代表最年幼的兒子。

「季」引申為最年輕、最末。古人以孟、仲、季來表示三兄弟的排序，但若為四兄弟，則以伯、仲、叔、季排序，但無論如何，季都代表最後一個。

甲 金 篆

一眠大一寸

古人體會出，人的一生當中，以孩童期的生長速度特別快，於是藉此概念創造了「孛」。

孛 ㄅㄟˋ

bèi

孩子（）像「茂盛的植物」（，丰）般快速生長，

「孛」引申為迅速成長。

勃 ㄅㄛˊ

bó

「孩子像茂盛的植物般快速成長」（，孛）並變得強壯有「力」（）。

「勃」引申為旺盛的樣子。相關用詞如生氣勃勃、蓬勃發展。

悖 ㄅㄟˋ

bó

「迅速成長」（，孛）的野「心」（）。

相關用詞如悖逆。

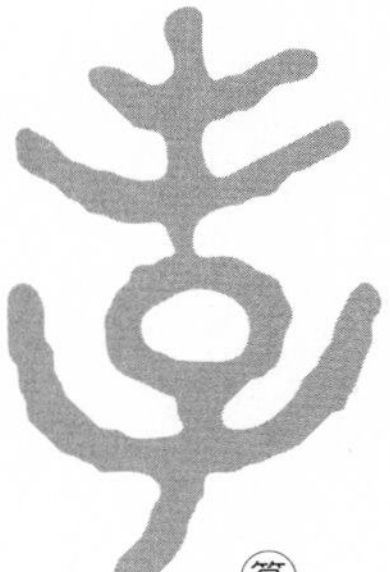

篆

長成期

人的第三階段為手與腳發育完備的長成期，代表的圖像字為，是一個人的側面形像，雙腳已可穩穩站立，可以獨立從事各種行為，因此，由人可衍生出許多與人有相關的字，如可衍生出雙手雙腳張開的人，以及雙手斂合且跪坐的端莊女人。除此之外，還可以衍生出各種姿態以及各種行為的人如雙腳站立之人、跪拜或跪坐之人及曲身躺臥之人等。本書將人衍生的字分成三大類，分別為大、女及各種姿態行為的人。

（這三大類的衍生字，請參見第二、三、四章）

衰老期

商周時代的人非常重視老人，使他們得以靠國家俸祿過活。周朝的《禮記》記載：「凡養老，……，五十養於鄉，六十養於國，七十養於學。」也就是說，年滿五十歲的長者，若是品行良好，可以擔任地方官，負責教化事務，到了六十歲，可以到朝廷任職，倘若又活到七十歲，則可以在學校從事較輕鬆的講學工作。

《禮記》又記載：「養衰老，授几杖，行糜粥飲食。」對於衰老的長者，官府會贈送他們拐杖、坐几以及容易消化的食物。在古代，極少椅子，一般都採跪坐方式，但年老了，一跪恐怕就爬不起來，甚至有摔跤骨折之虞，因此，送拐杖與坐椅，既體貼又備感尊榮。漢朝實施這項敬老政策相當徹底，漢高祖頒佈養老詔令，凡八十歲以上老人均可享受，到了漢成帝更把年齡降到七十歲，並於每年秋天舉行隆重的授杖儀式。《後漢書．禮儀志》中記載：「年始七十者，授之以玉杖，哺之糜粥。」一九五九年後，考古學家也陸續在甘肅的漢墓裡，挖掘出玉杖（鳩杖）及王杖詔書木簡。中國歷代的各級官府也明令禁止辱罵、毆打老人，也禁止擅自拘禁高齡老人，違者將受嚴懲。

老ㄌㄠˇ

lǎo

需要他人（，匕）攙扶的禿頭老人（）。

「老」的甲骨文是一個拄著枴杖的人；另一個甲骨文則在老人頭上添加了毛髮（）。金文產生了變革，變成一個禿頭且要人（，請參見「匕」，第二章，86頁）。攙扶的老人，篆體及則是調整筆順的結果。為何老人的拐杖會變成一個攙扶的少年人呢？或許是周朝人重視孝道的緣故吧。以老為義符所衍生的字有考、孝、耆、耄、耋、壽等；以老為聲符所衍生的字有佬、姥、咾等。

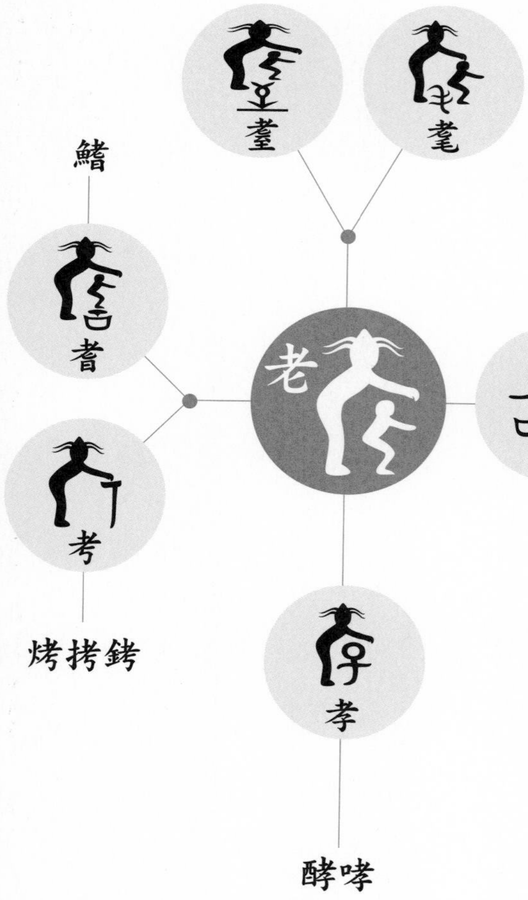

談到老，現代人不免好奇，古代老人的處境到底如何？當時的人如何看待老人？關於古代老人文化，我們不妨從老的衍生字來加以認識，這些字所表露的意涵大致可分為下列三類：

照顧老人就是「孝」

孝 ㄒㄧㄠˋ xiào

照顧老人（）的孩子（）。

金文及篆體都是代表照顧老年父母的孩子。「孝」引申為奉養父母，相關用詞如孝順、孝道。《荀子》：「能以事親謂之孝，能以事兄謂之弟。」

年齡累積智慧

考 ㄎㄠˇ kǎo

拿著「拐杖」（，ㄎ）推敲事情的「老」人（）。

金文及篆體都是表示拿著一根拐杖（、ㄎ）推敲的禿髮老人。「考」的本義是老人，引申為推敲、探究。因為年老長者在回答問題或做決策的時候習慣輕敲拐杖，後人藉此而聯想出推敲探究之義，相關用詞如考究、考古、考試等。另外，後人稱呼已死的父親為考。以考為聲符所衍生的字有烤、拷、銬等。《禮記》記載：「五十杖於家，六十杖於鄉，七十杖於國，八十杖於朝。」可見在周朝。五十歲以

後，就算是老人，可以拄著拐杖在家中行走，六十歲則遊走於鄉里之間拿拐杖教化鄉人。孔子到了老年也是拄著拐杖行走，有時還藉用拐杖教訓他人。《論語》記載一段孔子用杖敲人的故事。原壤是孔子的故舊，家境貧困，母親去世時，孔子為他購置棺材。原壤為人不拘禮儀，凡事任性而為！有一天，年老的孔子拄著枴杖來探望他，他這位老兄竟然又開雙腳坐在地上等待孔子走過來，孔子見他如此傲慢無禮，一走過來劈頭就教訓說：「你從小就不講孝悌之禮，因此長大後一事無成，活到這麼老還不死，與賊沒兩樣。」孔子一面說，還一面用拐杖敲他的小腿。

耆 ㄑㄧˊ qí

有智慧的「老」人（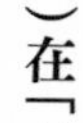）在「說話」（，曰）。

古人稱有德行的長者為耆老。商朝王室裡設置學校（左學與右學），學校裡供養一些有智慧的國之大老，使這些老者能將所學傳授給年輕人。

《禮記》記載：「人生十年曰幼，學。二十曰弱，冠。三十曰壯，有室。……六十曰耆，指使。」亦即六十歲可稱為耆老，可以指使他人為己辦事。

長生不老的願望

嫦娥奔月是大家都熟悉的傳說，后羿擁有神力，善於射箭，曾經射下九個太陽，使得民間免於旱災之苦，於是被百姓擁戴為王，但他不擅於治理國家，又喜好漁獵，陷百姓生活於困苦之中。他為了與美麗的皇后嫦娥永遠廝守，便向西王母求得兩粒長生不老藥，取得後便交給嫦

篆

娥保管。嫦娥怕后羿長生不老，永遠危害蒼生，於是趁其不備就把長生不老藥全吞了。不料，嫦娥卻緩緩飛向皎潔的明月，落得在廣寒宮裡過著孤寂無聊的日子。

秦始皇也想要長生不老。秦始皇統一六國之後，想要永遠統治天下，於是派遣徐福帶領三千童男童女，遠赴蓬萊仙島（據說就是今天的日本）尋訪仙人並求取長生不老藥。沒想到徐福一去不返，反而在島上定居下來。最後，秦始皇沒能長生不老，活了五十歲就死了。

然而，要如何才能長壽呢？人不免一死，而人的壽命是上天所賜，要長壽必須向上天祈求。《尚書．金滕》記載周武王因日夜操勞而得重病，周公於是齋戒沐浴，祈求上天給武王添壽，並表示願意以自己的性命來交換。不久，武王的病便漸漸好轉。《聖經．以賽亞書》裡也記載一段以色列王希西家求老的故事，提到希西家得了無藥可治的毒瘡，希西家於是向神祈禱，願能多得壽命以復興垂危的以色列，後來果然蒙神應允再給予十五年壽命。

壽 ㄕㄡˋ shòu

跪在地上（ ），舉起雙「手」（ ），「口」中唸唸有詞（ ），向神求「老」（ ）。

「壽」的金文有好幾種樣式， 意示向神祈禱（ ），使其能活到老（ ）； 增加了兩隻手，意表舉起雙手（ ），向上天求老； 省略一隻手。篆體 是調整筆順後的結果，手變形為寸。老及申兩字的字形已變樣，到了隸、楷書，變易程度更大、更不易辨識其原義。「壽」的本義為向上天求老，引申為年齡、慶生等，相關的常用語有壽命、壽辰、祝壽等。「壽」簡體字為「寿」。

金

篆

禱 ㄉㄠˇ dǎo

向「神」（…）求「壽」（…）。

「禱」引申為向神祈求，相關用詞如祈禱、禱告等。《論語．述而》：「子疾病，子路請禱。」《韓非子．外儲說右下》：「秦襄王病，百姓為之禱；病癒，殺牛塞禱。」到底多老才能稱為長壽呢？要是活到八、九十歲的話，那就很長壽，已達到所謂的「耄耋之年」了。

耄 ㄇㄠˋ mào

長鬍鬚（…，毛）的「老」人（…），「毛」也是聲符。「耄」用來稱呼八、九十歲的老人。

耋 ㄉㄧㄝˊ dié

到（…，至）老（…）仍未衰亡。

在古代，許多人未老先逝，能壽終正寢是福氣，「耋」就是這種能活到高壽的人。但從另一個角度來看，「耋」似乎也透露了一種不覺「老」之將「至」的感慨！從漢字所看到對長壽的看法，與摩西的認知也是相當一致的。大約三千五百年前，摩西針對當時以色列人的平均壽命提出這樣的看法，他說：「我們一生的年日是七十歲，若是強壯可到八十歲；但其中所矜誇的不過是勞苦愁煩，轉眼成空，我們便如飛而去。」（《聖經．詩篇九十篇》）

甲

篆

金

 是人？是蛇

巳的古字，構形像蛇，因此，許慎揣測「巳」是一條蛇，他在《說文解字》提到：「巳，……故巳為蛇，象形。」許多後代學者也認為巳代表一條蛇，因為古字的構形很像一條彎曲扭動的蛇，然而，所有包含「巳」構件的字都沒有蛇的意涵，況且，蛇的古字是虫、它、也，與「巳」完全無關。既然如此，那麼，「蛇」這個字是如何衍生出來的呢？

虫 ㄏㄨㄟˇ huǐ

蛇類。

「虫」的甲骨文、、金文、都是在描寫一條會攻擊人的蛇，由此構件所衍生的字有它、蚩、也等。

它 ㄊㄚ tā

蛇的象形字。

「它」的金文及篆體呈現蛇頭、彎曲的蛇身及吐信的舌頭。因為蛇是爬蟲，所以後人又添加「虫」以作「蛇」，（蛇的篆體為），而「它」則轉作人以外的代名詞，可以代表有生命之物、無生命之物或事件等，這種轉變與引申大概是因為人見草叢攢動或聽見嘶嘶聲音，總懷疑是有蛇出沒，所以對於尚未證實而僅僅懷疑之物稱作「它」。旅人行經野地，也總會互相提醒，要小心毒蛇出沒，漸漸地，「它」就演變為第三人稱的代名詞。《說文》：「它，虫也，從虫而長，像冤曲垂尾形。上古艸居患它，故相問無它乎。」

蚩 ㄔ chī

一條會傷人腳的虫（），毒蛇也。

蚩尤與黃帝可說是中國創世紀的人物。蚩尤氏是東夷部族中極為強悍的部落，蚩尤氏顧名思義就是崇尚「長蛇」的部族，「尤」是一隻長手臂。「蚩」的甲骨文、金文及篆體是描寫一條會傷人「腳」（，止）的「虫」（）。

古代叢林野地充斥著各種毒蛇，旅人經過叢林時，常會被蛇咬。因此用傷人腳跟的爬蟲來描寫毒蛇。這種對蛇的認知，也出現在《聖經．創世紀》，記載撒旦化成蛇，引誘亞當、夏娃犯罪，於是人與蛇都受到上帝的懲罰。上帝說：「女人的後裔要傷蛇的頭，蛇卻要傷他們的腳跟。」中文也有一句諺語「打蛇打七吋」，意思說打蛇頭下方七吋的地方，才能制得住蛇。

蚩尤的象徵是一條大蛇，然而，民間的蚩尤卻被畫成牛頭形象。因為，蚩尤生長在冀州，冀州人擅長於角鬥，蚩尤更是其中的佼佼者，故民間演蚩尤戲時，飾演蚩尤的人，頭上都戴者牛角面具。

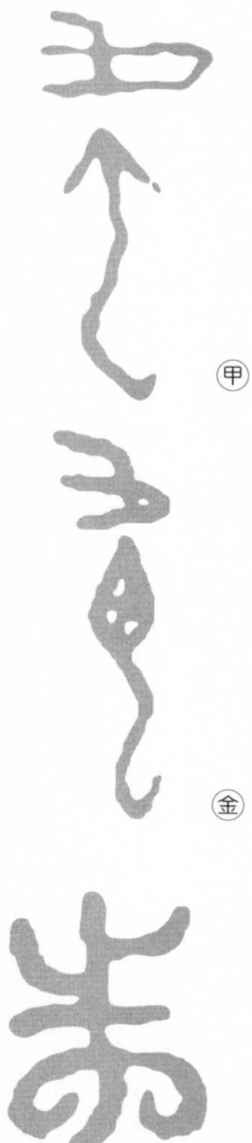

也 ㄧㄝˇ

yě

像蛇一樣地擺動。

「也」的金文與「它」同形，篆體改作以便與蛇有所區別，「也」的本義為「像蛇一樣地擺動」，引申為「像……一樣」。「也」所衍生的字有池、施、地等。

金

篆

池 ㄧˇ

yǐ

像蛇一樣地（）蜿蜒而行（）。

施 ㄕ

shī

行進中的旌旗（），飄盪起來好像蛇（）在擺動。

地 ㄉㄧˋ

dì

有許多像蛇一般的爬蟲（）所居住的土（）地。

第二章 人的姿態變化

壬
亡
儿
方
卩
氏
欠
尸
身
勹
匕

人的生活百態，都可以轉化成文字，（尸）是一個「曲身躺臥的人」，而「尸」又可以衍生出許多跟橫躺之人有關的字，比如屍體或正在休息的人等等。至於一個溫柔端莊的女子，則是用雙手斂合跪坐的姿態來描寫。一個卑微的人以跪姿（卩）來呈現，鼓著腮幫子吹竹管的人，則以張口吹氣的人（欠）來描寫，而（企）則是代表踮起腳尖、引頸企盼的人。

示意圖	楷體	構字本義	衍生的常用漢字
	大	張開雙手雙腳的人	立天屰夭並位拉泣辛奔笑喬美夫奚央太亢赤奄亦爽夷夾……
	女	雙手斂合且跪坐的女人	母每敏繁毋毒海毓民始姓好嬰要婁奴妻妥娶嫁婦如委威安……
	儿	雙腳站立的人	見覓兄祝兌說悅兒元兀冠寇完兇貌鬼亮光……
	卩	跪坐的人	令命邑服報印卽卿卯聊卬昂抑迎起御己夗怨宛厄危卷……
	尸	躺臥的人	屍尺局尾犀尿屈屏屋居……
	匕	與他人互動的人	比北乖化尼老……

	欠	張口吐氣的人	吹炊歌次羨盜旡既欸疑肄……
	亡	消失不見的人	丏曷望喪盲忘巟慌罔網……
	壬	離不開土地的凡人	呈聖望聽重任廷……
	氏	支撐家族的民族英雄	氏昏婚紙祇低底抵……
	方	邊境人民	旁邊防放敖賓芳枋坊訪紡仿彷房妨螃徬傍膀族旋旅於施旗旌……
	身	人的軀體	躬窮射謝殷
	勹	彎著身體的人	包甸匍匐匋陶匊鞠掬匃曷匈蜀
其他			企及后司戍伐幾年千介永從眾坐長休伏亟件代……

雙腳站立的人

將具體的圖像轉換成簡單筆劃的文字，這是漢字能綿延不絕的原因。《說文解字》說：「黃帝史官倉頡，見鳥獸蹄迒（ㄏㄤˊ，腳印）之跡，知分理之可相別異也，初造書契。」大意是說，倉頡明白，每一種鳥獸都有獨特的爪痕或獸跡，依據這些特徵，便可以分別各種鳥獸，於是倉頡便以鳥獸所獨有的特徵，將之形於文字。

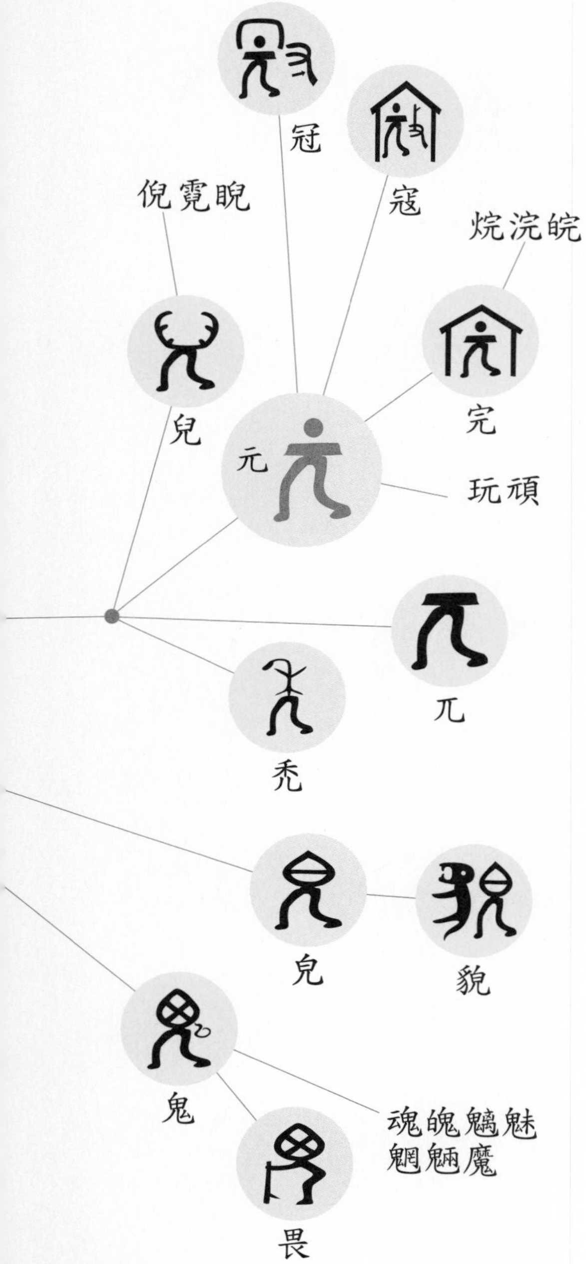

悅閱脫稅蛻銳
說
兌
境鏡
祝
覓
視觀覺覽親規
見
允
兄
洸恍幌胱
晃輝耀
竟
洗銑
光
先
亮
儿
饒繞曉翹
蹺驍撓
堯
燒
羌
冗
兇
免
逸
免
冤
冕挽
娩
勉
晚

河南省新鄭縣洧水南岸有一個地方，稱為「鳳凰銜書台」，據傳是倉頡造字時，受到「貔貅」蹄印所啟發的地方。到了宋朝，為了紀念倉頡造字的功勞，於是在此建廟，取名「鳳台寺」，寺裡有一座塔叫「鳳台寺塔」。「鳳凰銜書」的傳說，可信度雖然低，但卻有助於體會當時倉頡如何突破造字歷程所遇到的瓶頸。

傳說倉頡為了專心造字，便在洧水南岸築一座高臺並住了下來。有一天，倉頡正在苦思如何表達能看見、能說話的人，又用什麼來代表人的面貌呢？他隨意拿起樹枝在沙地上打稿，先勾勒出人的面龐、五官、身體。可是畫到一半，他停了下來，皺了皺眉頭，心想：「不行，筆劃太多了，若是畫得這麼完整，那就太耗時間了，而且很難表達精確的意義。」倉頡為此感到有些愁苦，正當他陷入沉思時，天上飛來一隻鳳凰，嘴裡叼著的東西正好掉在倉頡面前，倉頡拾起來，看到上面有一個蹄印，他看了又看，就是認不出是什麼野獸的蹄印，恰巧這時走來一個獵人，倉頡馬上向他請教，獵人仔細端詳之後說：「這蹄印壓得如此深，但又不是獅子，也與其他野獸的蹄印不一樣，我想這應該是貔貅的蹄印，因為任何野獸的蹄印都有其特徵，我只要看一眼就能分辨。」獵人的話真是一語驚醒夢中人，天資聰穎的倉頡立時醒悟：「沒錯！萬物都有獨特之處，只要能夠抓住事物的特徵，就能用最簡單的筆畫將它描繪出來，而不需描繪出事物的全貌。」獵人走了之後，倉頡透過觀察，發現所有四肢動物當中，只有人能站立行走，因此，他以雙腳站立的（儿）來代表「人」，唸做ㄖㄣˊ。接下來，從這個構件又衍生出各種行為動作的「人」。

張大眼睛，張口說話

見 ㄐㄧㄢˋ jiàn

張大眼睛（，目）看的人（，儿）。

甲骨文是人頭上長了眼睛。「見」引申為以眼視物，相關用詞如看見、預見、見聞、見識等。包含「見」的漢字大多具有「觀看」的意涵，如視、觀、覬、覦、覺、覽、親等。

甲 金 篆

覓 ㄇㄧˋ mì

一個人（）除了張大眼睛（）外，還同時用手（）去摸索。

「覓」引申為尋找，相關用詞如尋覓、覓食等。

兄 ㄒㄩㄥ xiōng

有「說話」（）權的「人」（）。

商朝初期的王位繼承採用兄終弟及的方式，而商朝末期及周朝都實施嫡長子的制度，最年長的兒子稱為嫡長子，擁有繼承權，因此，兄長的地位總是較同輩手足更高，在祭祀的時候，可以代表同輩向神祝禱，平日，則對弟妹們有教誨的責任，所謂「長兄如父」。

甲骨文像一個跪著祝禱的人，金文則表示開口（）說話的人（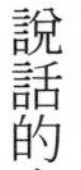）。《說文》：「兄，長也。」《精蘊》：「兄，以弟未有知而誨之。」弟（）的構字本義是一支以「繩子」（）約束的「弋」（）「箭」，引申為須受兄長約束的人。由「兄」與「弟」的構

甲 金 篆

字概念就可明白當時「兄友弟恭」的思想是相當深入人心的。

祝 ㄓㄨˋ zhù

一個「口中唸唸有詞的人」（）向「神」（）祈福。

甲骨文描繪一個「人」跪在「神」（，請參見「示」，第三章，148頁）面前，手臂上下擺動地迫切祈禱；金文及篆體則描繪一個「口中唸唸有詞的人」（）向「神」（）祈禱。祝，祈福也，相關用詞如祝福、祝壽等。

二〇〇九年的婦幼節，婦女新知基金會為女性的「祭祀平等權」發聲。因為中國傳統婦女是沒有權利返回原生家庭中祭祖的。其實，在中國古代，原本大家都有權利祭拜天帝，但祭天的權利漸漸為統治者所獨攬，其他的人只有祭地祭祖先的權利，而在家族中，長子的祭祀權又高於其他兄弟。這種祭祀權的階級性在周朝的宗法制度下尤其明顯。

甲 金 篆

兌 ㄉㄨㄟˋ duì

「人」的「口」（）一張開，兩側的法令紋（八）便顯露出來。

「兌」是「說」與「悅」的本字，因人無論說話或發笑，口一張開，法令紋便顯露出來。「兌」後來轉作「交換」的意思，特別用於古代以物易物的商業交易中。在商業交易中，所說出的話必須要實現，也就是「兌現」。《呂氏春秋勸學篇》說：「凡說者，兌之也，非說之也。今世之說者，多弗能兌，而反說之。」用意在勉勵人說話能兌現才說，不能兌現就不要說。

說（）表示張開口說話（），並顯露法令紋的人（）；悅（）是「心」（）情愉快，開口露出笑容及法令紋的人（）。

甲 金 篆

跟「頭」有關的字

兒 ㄦˊ ér

「張開大嘴」(，臼)嗷嗷待哺的「人」(，儿)。

兒童無法獨立生活，所有飲食都要仰賴父母，故以一張等著餵食的大嘴來表現。這個構字概念與鼠有些相似，「鼠」的篆體、也呈現一張具有銳利牙齒的大嘴，然後再加上一雙能挖洞的利爪及一條長尾巴。

「兒」的簡體字為「儿」。可惜，等待餵食的大嘴不見了，失去了兒童獨有的特徵。

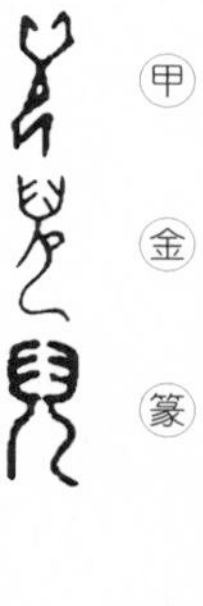

兀 ㄨˋ wù

頂端平坦()之人()。

「兀」的本義是頂端平坦的人，引申為頂端平坦的東西，如形容光禿禿的山為「兀山」，頭頂無毛的老鷹被稱為兀鷹。在漢字裡，「兀」與「禿」是有差別的，禿()表示頭髮稀疏如「禾」()苗的「人」()，因此，「禿」是指頭髮稀疏的人，而「兀」卻是頭頂光禿禿的人。

元 ㄩㄢˊ yuán

人()「上」()頭之物，項上人頭也。

因為頭是人最重要、也是最高的部位，所以「元」的引申為最重要、最高、第一的意思，相關用詞如元首、元帥、元旦等。

冠 ㄍㄨㄢ guān

或ㄍㄨㄢˋ，guàn。用手（）將帽子（）戴在頭（，元）上。

依據《儀禮．士冠禮》記載，周朝的士大夫家庭，當男孩長到二十歲的時候，父親就必須為他舉行冠禮，並親自將帽子戴在他頭上，表示他不再是童子，而是一個成年人了。另外，周朝的成年貴族在重要場合都要穿著「冕服」，冕服是由冠（冕冠）、上衣、下裳所組成的高級禮服。冠的相關用詞如雞冠、皇冠等。

寇 ㄎㄡˋ kòu

侵入屋內（，宀）手持器具（，攴）敲屋主的頭（）。

「寇」本義為侵入民宅行兇，引申為盜匪，相關用詞如倭寇、盜寇等。

完 ㄨㄢˊ wán

人的頭（）頂上，有座蓋好的房子（，宀）。

中原（或陝西）一帶的先民習慣「半穴居」，因為氣候乾燥，穴居具有冬暖夏涼的優點。建造房屋時，工人必須先在地上挖掉約兩米深的方體坑穴，然後再豎上樑柱以搭建屋頂，一旦屋頂覆蓋上去便完工大吉。

「完」的篆體描繪出「雙手」蓋房子的圖像，以雙手在地上挖土（），然後將「屋頂」覆蓋上去。後來，為了講求書寫的便利性，簡化成另一個篆體。完的本義是房子蓋好了，引申為結束、圓滿，相關用詞如完成、完備等。

篆

金

篆

篆

人與亮光

光 ㄍㄨㄤ guāng

「人」（ ）頭上有「火」（ ）光照耀。

無論是日光、月光、燈光，都是從人的頭頂上照耀下來。「光」的相關用詞如亮光、光明等。

甲 金 篆

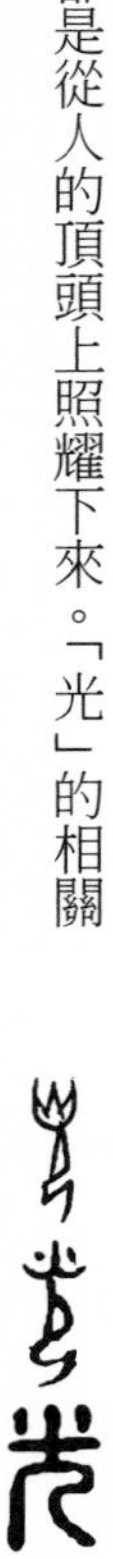

亮 ㄌㄧㄤˋ liàng

「人」（ ）走進有火光的「高」（ ）樓。

在古代，高樓是貴族居住的地方，到了夜晚便有燈光透出。金文（ ）描寫一個人轉頭（ ）看見高樓（ ，京）裡有亮光，而篆體（ ）則是將轉頭看的人（ ）變形為（ ），將（ ）變形為（ ），並將此人置於高樓下方。亮，光明，相關用詞如明亮、嘹亮等。

善於製作陶器的人

堯 ㄧㄠˊ yáo

人（ ）頂著一堆陶土（ ）。

早在石器時代，人類就已經懂得製作陶器。甲骨文（ ）是一個「人」頂著一堆陶「土」（ ）；篆體（ ）、（ ）也是「人」頂著「一堆陶土」（ ）。「堯」是在描寫一個善於製作陶器的人，捏製好陶土後，將它們一個個堆疊起

甲 篆

來，然後以頭或肩頂著它們，準備送進窯裡燒烤。「堯」引申為高。「堯」也是古代帝王「陶唐氏」的稱號，「陶唐氏」是善於製作陶器的家族。《說文》：「堯，高也。」

燒 ㄕㄠ shāo

人（）將一堆捏製好的陶土（）送進火（）裡，準備燒製成陶器。

牧羊的人

羌 ㄑㄧㄤ qiāng

牧「羊」（）的「人」（）。

「羌」是古代中國邊疆的一個遊牧民族，以牧羊維生，故被稱為羌族。在商周時期，羌族人被中原人統治，甚至被抓來當奴隸，甲骨文、都是手抓羌族人的象形文，而、、更是在脖子上套上繩索的象形文。《說文》：「羌，西戎牧羊人也」。

如何描繪臉孔？

人或動物的形貌要如何描繪呢？許多走獸全身雖然都有長毛遮蓋，但臉部的毛髮都特別短，人也是如此，所有地方都有衣物包裹著，唯獨臉部一定是裸露的，於是古人以「白」來表示面貌，因而造了（皃）。又如何描寫惡人的相貌呢？這是很抽象的概念，聰明的古人很有技巧地以險惡的「地勢」（）來「影射」險惡的人，因而造了（兇）字。接下來的挑戰是，又如何描寫鬼的面貌呢？

貌 ㄇㄠˋ mào

「走獸」（）與人（）的「臉」（）。

篆體（皃）表示人的臉，「皃」是「貌」的古字，而（貌）則泛指人與走獸的臉，因此，「貌」引申為人或動物的外表，相關用詞如容貌、禮貌等。

兇 ㄒㄩㄥ xiōng

險惡（）的人（）。

篆體表示使人跌落或陷入的「險惡地勢」，（凵，ㄎㄢˇ）是一塊凹陷的地方，裡頭的表示險惡的東西，因此，「凶」引申為邪惡、不吉利，相關用詞如凶兆、凶殺等。

鬼的長相？

如何描寫鬼的面貌呢？許多自稱見過鬼的人卻總是無法說清楚鬼長得什麼樣子。古代用以驅魔的「鬼臉面具舞」或許可以提供一些靈感。

篆

篆

周朝的《儀禮》與《周禮》都有記載古代跳「儺舞」的習俗。儺舞，俗稱「跳鬼臉」，是一種驅魔趕除瘟疫的舞蹈。每逢大年初一，驅魔者（古稱方相氏）戴著用熊皮製作的「鬼臉面具」，面具上鑲嵌著四隻金黃色大眼。驅魔者身穿黑色上衣，紅色裙子，手持干戈，率領一百二十名屬下進入每一個房間搜索瘟神惡鬼。行進時，手中揮舞著兵器，口中還不斷吶喊，藉以驅逐所有鬼魔及瘟疫。這就是《儀禮》所說的：「先臘一日，大儺，謂之逐疫。……方相氏黃金四目，蒙熊皮，玄衣朱裳，執戈揚盾，……以逐惡鬼于禁中。」儺舞中的驅魔者（或方相氏），據傳是黃帝的妻子嫫母。嫫母生來面貌醜惡，令人望而生畏，但心地善良，嫉惡如仇，又有智慧，能將宮中大小事管理得有條不紊，因此，以嫫母的形象來詮釋驅魔者。儺舞的習俗，一直流傳到今天，只是後來受了道家的影響，此驅魔者大都改成鍾馗。據傳唐明皇於病中夢見小鬼偷去玉笛，正驚慌時，突然跳出一個滿面虬髯大鬼，挖下小鬼的眼珠，然後一口將它吞掉。此鬼自稱鍾馗。唐明皇驚醒後，病不藥而癒，於是向畫家吳道子描述夢中所見，並命其繪出鍾馗像，頒布天下。

鬼 ㄍㄨㄟˇ

guǐ

發出陰森「氣息」（，ㄙ）的「鬼頭」（）人（），人死後的魂魄也。

甲骨文、分別代表男鬼與女鬼，兩者都表示一個帶著兇惡「面具」的人，大概是因為許多宣稱見到鬼的人都難以描述鬼的長相，於是就以（甶，鬼臉面具）來代表鬼的面貌，因此，與其說是「鬼」的形象，毋寧說是「驅魔者」的樣貌。金文，頭戴面具，手持器具，豈不更像《周禮》所描寫的驅魔者「方相氏」。篆體添加了「ㄙ」（），意表發出聲音或氣息。

古代典籍如何詮釋鬼呢？《列子．天瑞篇》說：「精神離形，各歸其真，故謂之鬼。鬼，歸也，歸其真宅。」可見列子認為鬼是人死（請參見「死」，80頁）後，靈魂離開肉體，準備要歸回真正的家，但是真正的家在哪裡呢？列子卻未加以說明。西漢劉向也認為人死之後，靈魂要歸回真正的家，於是口中發出「歸……」的聲音，所以鬼的發音與「歸」相同。劉向在《說苑》裡如此記載：「鬼之為言歸也。」東漢許慎則認為鬼會散發陰氣以害人，因此，他在《說文解字》裡描述：「鬼，人所歸為鬼，從人，像鬼頭，鬼陰气賊害，從厶。」大意是說，人死後就變成鬼，有人的身體、鬼的頭，還會發出陰森氣息來害人。

畏 ㄨㄟˋ wéi

拿著棍棒（ ）的「鬼頭人」（ ）。

「畏」的甲骨文 及金文 、 像是一個手拿棍棒的鬼頭人。「畏」引申義為懼怕，相關用詞如畏懼、敬畏等。《說文解字》說：「畏，……鬼頭而虎爪，可畏也。」

在古人心目中，鬼是會害人的，因此，在所有包含「鬼」的常用字中，除了「魂魄」是表示人的精氣靈魂之外，其餘像是魑、魅、魍、魎、魔等都是會吃人或害人的怪物。

免 ㄇㄢˇ miǎn

脫下帽子（ ）的人。

古代官員若被「除去烏紗帽」就表示被「免職」。金文 呈現一個「人」及一頂「鬆脫的帽子」，是一幅脫帽的圖像。「免」引申為脫去、釋放等，相關用詞如免除、赦免等。

金

篆

娩 ㄇㄢˇ miǎn

懷孕「女」（ ）子「釋出」（ ，免）孩「子」（ ），因此，婦女生孩子稱為「分娩」。

篆

勉 ㄇㄢˇ miǎn

「釋出」（ ）所有「力」（ ）量。

相關用詞如勉強（力所不及但努力去做）、勉勵等。

篆

晚 ㄨㄢˇ wǎn

「太陽」（◎）已「脫去」（　）任務。

古人認為太陽下山，就是因為太陽下班回家去了。這個概念從后羿射日的傳說故事中可以得知。

兔 ㄊㄨˋ tù

善於「逃脫」（　）而免於被捕捉的動物。

甲骨文　是一隻兔子的象形文。篆體發生了重大變革，在「兔」（　）之後添加了「一劃」就成了「免」（　）。「免」有脫離的意義，其後所添加的這一劃，除了象徵兔子尾巴之外，也隱藏了逃脫的意涵。「免」引申義為逃脫，所謂的「免脫」就是逃離獵人之手。

逸 ㄧˋ yì

「兔」子（　）逃「走」（　，辶）了。

引申義為消失不見，相關用詞如逃逸、隱逸等。另外兩個篆體　、　皆將「兔」寫成「免」，可見「兔」是由「免」衍生而出。

冤 ㄩㄢ yuān

「兔」子（　）被「罩住」（　，冖）了。

野兔不易捕捉，因此古人便設下陷阱。最常見的手法是以兔子喜歡吃的食物當誘餌，在誘餌上方則放置一個罩子。兔子吃了誘餌之後，守候一旁的獵人一拉繩線，兔子就被罩住了。被騙而心有不甘謂之「冤」，相關用詞如冤枉、冤屈等。

篆

篆

篆

跪坐的人

古人除了站立與躺臥之外，最常見的姿勢就是跪坐，為了要表達跪坐或跪拜的人，漢字中有一個基礎構件 。這個構件適用於跪坐、跪拜或蹲縮在地上的人。

古人通常都席地而「坐」（），例如 （即）表示跪坐在飯鍋前準備用餐，（卯）是兩個跪坐的人彼此對上了的有趣畫面，（卿）表示兩個人一起跪坐在飯鍋前用餐。

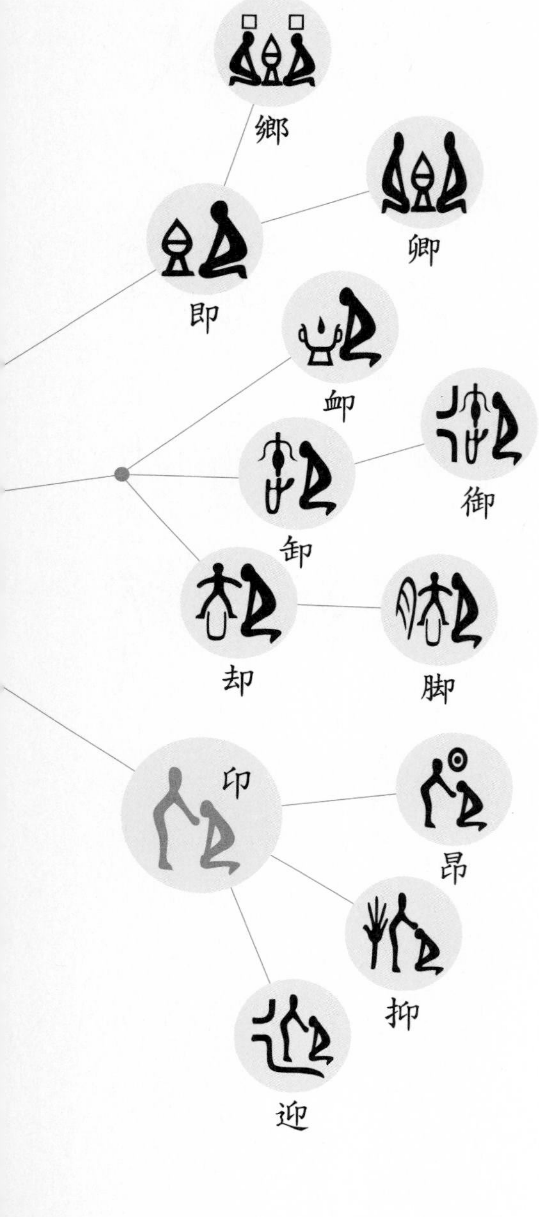

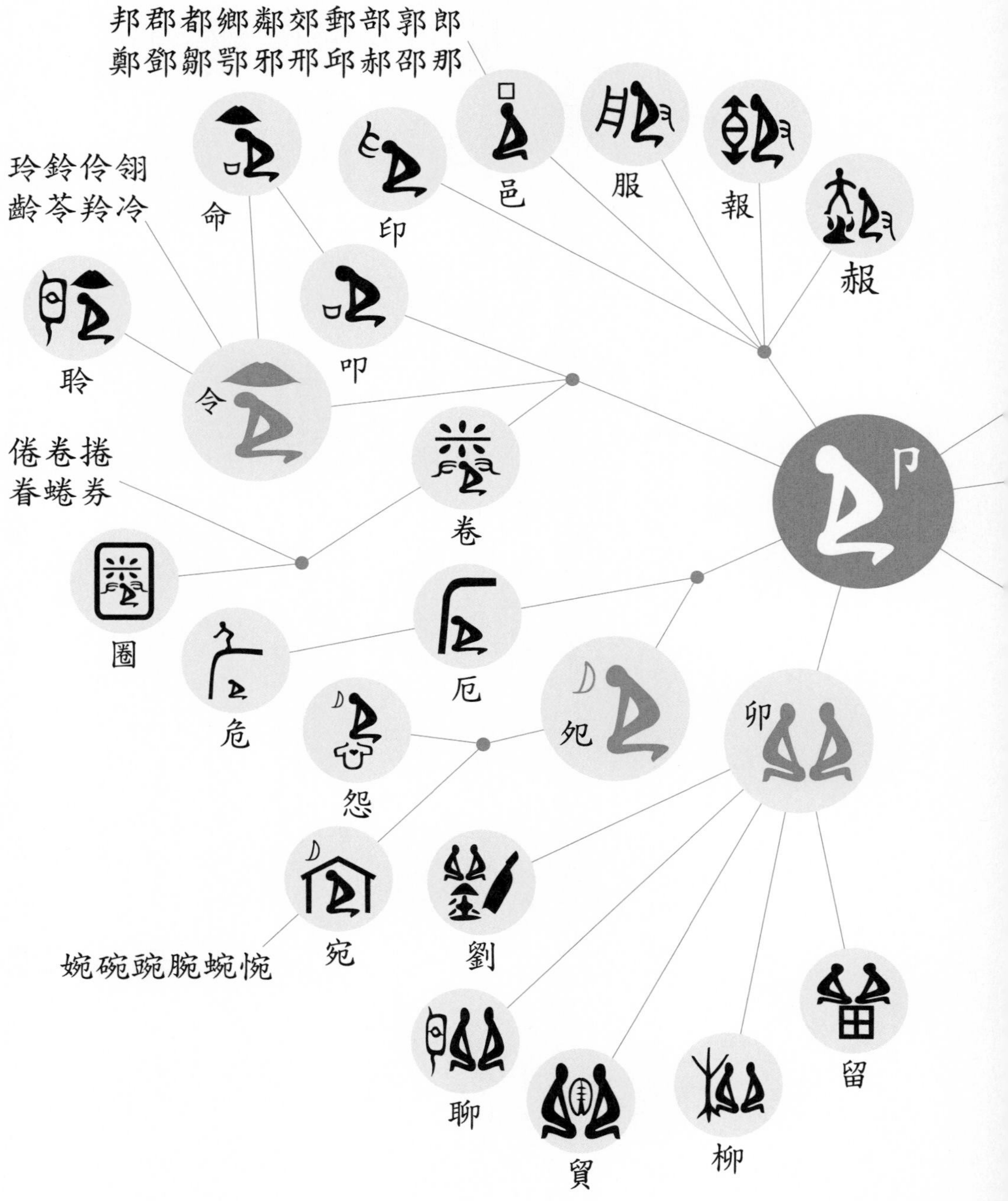
邦郡都鄉鄰郊郵部郭郎
鄭鄧鄒鄂邪邢邱郝邵那
邑
服
報
赧
命
印
玲鈴伶翎
齡苓羚冷
聆
令
叩
倦卷捲
眷蜷券
卷
圈
危
厄
怨
宛
夗
卯
劉
留
婉碗豌腕蜿惋
聊
貿
柳

跪拜的姿勢通常是用來描繪奴僕，例如，（令）表示主人對奴僕下達指示，（叩）表示奴僕向主人叩頭，（印）則是主人的手烙印在奴僕身上。也用來代表身體蜷縮的人，現代漢字將它改成「㔾」，如（厄）表示由懸崖掉下，因為受重傷而蹲縮在地的人；（夗）表示一個在夜間無法安睡而蹲縮的人；（卷）描繪一個蹲縮在地上將米中的石礫剔除的人。

卑躬屈膝的奴僕

令 ㄌㄧㄥˋ lìng

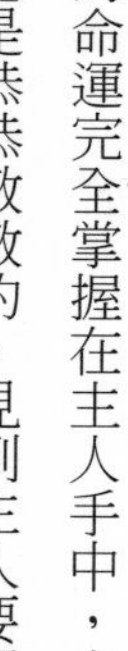

甲 金 篆

主人對「奴僕」（）「下達指示」（，亼）。

在商周的奴隸社會裡，奴僕的命運完全掌握在主人手中，主人可以決定奴僕的生死。奴隸對主人總是恭恭敬敬的，見到主人要叩頭請安，對於主人的命令當然是怠慢不得。由「令、命、叩」三個字的構字本義可以窺知當時的主僕關係。（亼）是閉合的嘴巴，是話說完後的嘴型。

「叩」、「命」與「令」有相近的構字概念，（叩）表示奴僕（）向主人叩頭（，頭碰觸地面所發出的響聲），「口」也是聲符；而（命）則表示主人下達命「令」（）後，奴僕「叩頭」（）領命，因此，「命」引申為命令、生命、命運等。

聆 ㄌㄧㄥˊ

líng

用「耳」（）仔細聽命「令」（）。

「聆」引申為專心聽。

服 ㄈㄨˊ

fú

將人「押解」（）上「船」（，舟）以充當「奴隸」（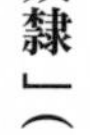）。

殷商人征服過許多外族，戰敗被擄掠的各方夷狄則被押解運送至國內成為奴隸，史書記載商紂王擁有七十萬奴隸大軍，《左傳》甚至說：「紂有億兆夷人。」這些奴隸主要被用來服事貴族並打造出高大華美的宮殿。可是，這麼多的奴隸是哪來的呢？

甲骨文、金文都表示抓奴隸上船，因此，「服」引申為使人屈服，相關用詞如征服、服從等。服之所以引申為服裝，是因為被征服的各個外族，各具特有的裝扮服飾，所以延伸出「服裝」的意思。可惜，隸書將「舟」訛變為「月」，成為現代漢字「服」。

周朝人認為普天之下的土地與人民，都屬於天子，即使是蠻夷之邦也不例外，因此，所有鄰邦人民不只應該向天子臣服，還有義務為天子工作，並將美物貢獻給天子。於是《詩經》說：「普天之下，莫非王土。率土之濱，莫非王臣。」西漢賈誼也說：「苟舟車之所至，人跡之所及，雖蠻夷戎狄，孰非天子之所哉？」

周朝又將人民劃分為九個等級，然後將這九個等級的人民安置在九個區域。每一個等級的人民都要善盡「服事」天子的責任，要向天子納貢、服勞役，因此，將這九等級的區域稱為「九服」，依序為侯、甸、男、采、衛、蠻、夷、鎮、蕃等九服，侯服的等級最高，最接近天子，都是天子的至親或重臣。這就是《周禮．夏官．職方氏》所謂的：「乃辨九服之邦國。按

甲 金 篆

侯、甸、男、采、衛、蠻、夷、鎮、蕃，九服也。」

印 ㄧㄣˋ yìn

一隻「手」（）按壓在「奴隸」（）身上烙印。

古代貴族飼養馬、牛、羊等家畜，通常會在動物身上烙印主人的名號以宣示其歸屬權，這個作法也被用在奴隸或罪犯身上。中國的奴隸制度相當久遠，在夏朝以前就已經存在，到了商周時代更是發達，為了防止奴隸逃跑，奴隸主人會在奴隸身上烙印。從印、章這兩字便可窺知，古人對烙印的景象顯然印象深刻。我們要是探究其字源就會發現，烙印打在奴隸身上稱為「印」（），而打在罪犯身上則稱為「章」（）。

商朝後期對待奴隸很殘酷，殷墟考古發現大批奴隸被當作祭祀品活埋。《史記》及《尚書》記載商紂王對於逃走的奴隸施以炮烙之刑，將其活活燒死。商紂王為何知道抓到的奴隸是從他那裡逃走的？主要就是憑藉奴隸身上的印記。到了西周，奴隸制度比較人道；到了東周戰國，奴隸制度逐漸瓦解，於是「印」的意涵便與奴隸脫鉤，而引申為蓋上印記，相關用詞如印章、印刷、印信等。

甲 金 篆

抑 ㄧˋ yì

主人（）的「手」（）強力壓在奴僕（）身上。

「抑」引申為壓制，相關用詞如壓抑、抑制、抑鬱等。《說文》說：「抑，按也。」

金

報 ㄅㄠˋ bào

通知官差，讓「通緝犯」（，卩）被抓（，又）去服刑（，幸）。

古代防止罪犯或奴隸逃跑的方法，除了使用墨刑、烙印、剃髮等在罪犯身體上留下標記的酷刑之外，還有一項措施，就是罪犯通報系統。戰國時代的秦國實施連坐法，告發通緝犯可以獲得獎賞，不告發者與通緝犯同罪，因此百姓不但不敢窩藏通緝犯，還必須立即向官府通報，將通緝犯抓回去服刑。（幸）是古代的木製手銬（請參見「幸」，第三章，171頁）。「報」的引申義有兩個，一個是通知，通知官差去抓罪犯，相關用詞如通報、報告等；另一個意義是讓罪犯得到應得的懲罰，後來又擴大為讓他人得到他所應得的，相關用詞如報應、報答等。戰國時期，商鞅輔佐秦孝公，商鞅建立嚴峻的法治制度，幾年之後，秦國一躍而為強國。但秦孝公死後，太子即位，史稱秦惠王。大臣公子虔因為曾經與太子同謀犯罪被割去鼻子，所以早就對商鞅恨之入骨，如今太子成了國君，正是報仇的大好機會，於是誣告商鞅意圖謀反，秦惠王就派人逮捕商鞅。商鞅得知消息，立刻潛逃到邊境，天黑了想在客棧住下，沒想到客棧主人告訴他：「對不起，商鞅定了法律，入住客人必須要有身份證明，否則旅館老闆會被一起治罪。」商鞅無奈，只好悲嘆：「天啊，連坐法竟然如此厲害！」於是他又連夜奔逃。「報」的簡體字為「报」，手銬不見了，卻增加了一隻手。

金 篆

邑 一ˋ yì

有許多「百姓或奴僕」（）居住的「城市」（）。

「邑」也就是「采邑」，是帝王分給諸侯或卿大夫的封地，後來這些封地逐漸發展成城邦。西周的大盂鼎記載貴族盂對周康王的頌揚，因為周康王賞賜給他許多封地及奴隸，他因感激而鑄此鼎。商周貴族所在之城邑都擁有許多服勞役的

甲 金 篆

奴僕，此一景況便成為「邑」的造字背景。隸書將（卩）改成（巴），於是形成現代漢字「邑」，這樣的改變主要是因為在公元前三一六年，秦始皇滅了巴國，將巴國納入版圖，並設置「巴郡」的緣故。在漢字構件中，邑代表地域或城邦，通常出現在右偏旁，現代漢字皆以「阝」來替代邑，如邦、郡、都、鄉、鄰、郊、郵、部、郭、郎、鄭、鄧、鄒、鄂、邪、邢、邱、郝、邵、那等。《說文》：「邑，國也。」

肥 ㄈㄟˊ féi

「肉」（⺼）多的「巴人」（）。

篆體代表肉多的奴僕，後來隸書將跪坐的奴僕改成「巴」，大概是秦漢時期，巴人居住在富庶的巴蜀之地，以至於身材較圓胖的關係吧！「肥」引申為脂肪過多或營養充足的，相關用詞如肥胖、肥沃等。《說文》：「肥，多肉也。」

巴 ㄅㄚ bā

擅於跳「擺手舞」娛神的人。

三千多年前，巴人就已經住在長江三峽一帶。巴人以能歌善舞、驍勇善戰聞名。史學家認為現今居住在西南地區的原住民「土家人」應是巴人後裔。土家人至今仍保留許多原始習俗及舞蹈，其中，「擺手舞」就是他們的的祭祀舞蹈。每年正月，群眾聚集在神堂前舉行祭祀，並跳起擺手舞，因此，該神堂又被稱為「擺手堂」。甲骨文、是跳擺手舞的姿勢，、及是描寫一邊擺手，一邊歌唱，、則是描寫在神面前，歌唱頌讚並擺手起舞。為了表示對神的順服，擺手舞裡，彎腰或蹲跪姿勢相當多。「巴」的甲骨文及篆體表示向神擺手起舞，百般向神討好，祈望神喜悅他們，應允他們所求。所以「巴」引申為討好、期望，相關用詞如巴結、巴望等。

篆

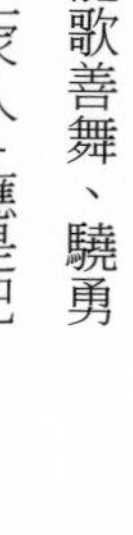
甲
篆

以巴為聲符所衍生的字有爸、疤、芭、粑、爬、杷、琶、耙、把、靶等。

許慎認為「巴」是一條大蛇，稱之為「巴蛇」，《山海經》記載巴蛇是一條能吞食大象的巨蛇。許慎說：「巴，蟲也，或曰食象蛇」，顯然，許慎不認識甲骨文，因而錯將篆體㔾看成吞食巨物的大蛇，事實上，所謂的巴蛇，顧名思義就是巴蜀之地的大蛇。

卹 ㄒㄩˋ

xù

看到人身上流出「血」（），便心生憐憫。與「恤」通用。

却 ㄑㄩㄝˋ

què

或卻。跪謝（）後離「去」（）。引申為退去或折返。隸書將「却」改成「卻」。

脚 ㄐㄧㄠˇ

jiǎo

或腳。用以跪謝離去（）的器官（）。隸書將「脚」改成「腳」。

金

篆

跪坐的人

即 ㄐㄧˊ jí

「跪坐」（ ）在「飯鍋」（ ，皀）旁準備用餐。

古代食器稱為「簋」（ㄍㄨㄟˇ），是用來盛裝食物的器皿，考古所發現的陶簋及青銅簋不在少數。皀（ㄐㄧˊ）的金文 及篆體 表示在食器內的一粒粒白米，由「皀」所衍生的字都與食物有關，如食（ ）、即（ ）、既（ ）、卿（ ）、鄉（ ）等。

「即」引申為立即、就近，相關用詞如即席、即位、即刻前往等。另外，「既」（ ）則是描寫一個人吃完飯準備離開的景象（請參見「旡」，100頁）。因此，「即」是準備用餐，而「既」是用完餐，兩者呈現有趣之對應。

甲 金 篆

卿 ㄑㄧㄥ qīng

右邊的人（ ）邀請左邊的人（ ）共享美食（ ，皀）。

另一個與「即」相近的就食畫面為「卿」。金文 生動地刻劃出兩個彬彬有禮的人一起用餐的畫面，右邊的人（君王）彎腰鞠躬邀請左邊的人共食，左邊的人（大臣）也答禮如儀，然後一起跪坐在飯鍋前用餐。卿是古代的大臣，也是君王對大臣的稱呼，如愛卿、眾卿平身等。「卿」也用以表示夫妻間相敬如賓的暱稱，如卿卿。

古代的國君為了表達對賢能人士的尊敬，常常邀他們一起共食，藉此聽取他們的高見，堯、舜、禹、湯等都是非常懂得禮賢下士的國君。到了東周時代，各諸侯國的國君或王子更以收養賢能人士為榮，較知名的有齊國的孟嘗君、魏國的信陵君、趙國的平原君及楚國的春申

甲 金 篆

君，門下的「食客」甚至超過三千人。

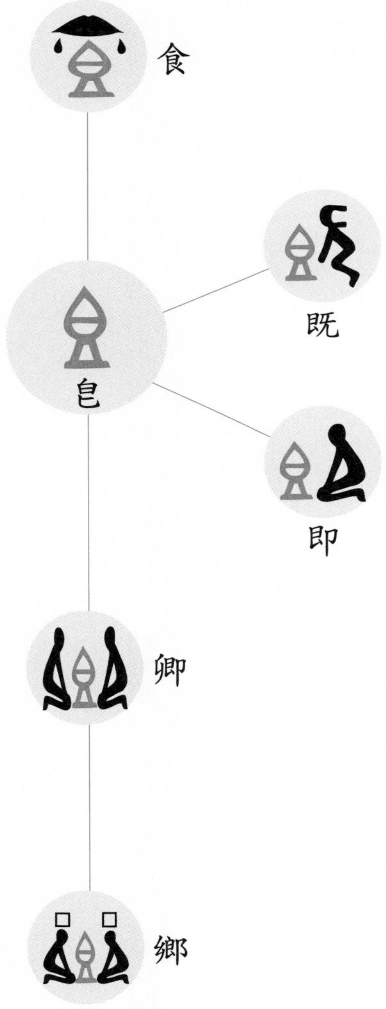

鄉 ㄒㄧㄤ xiāng

官府以「酒食」（）款待「城內百姓」（，邑）。

「鄉」是由「卿」所衍生而出的字，這可能是受周朝的「鄉飲酒禮」所影響，鄉飲酒禮是周朝為了表達敬老尊賢所實施的教化活動，後來便成為歷朝所遵行的習俗。周朝為了表達對長者的敬意，地方官每年都會在鄉州鄰里之間舉辦一次聚會宴飲，宴席之中，受邀的長者依序就坐，愈年長者所分配到食物就愈豐盛。《禮記・鄉飲酒義》記載：「鄉飲酒之禮，六十者坐，五十者立侍，以聽政役，所以明尊長也。六十者三豆，七十者四豆，八十者五豆，九十者六豆，所以明養老也，民之尊長養老，而後乃能入孝悌。」「鄉」的篆體表示官府以酒食款待年長之鄉民，後來，從此義的字改做饗（），鄉則引申為地方行政區域或地方人士。

辦桌請客是中國人特有的飲食文化，自古以來，中國人就非常好客，喜歡邀請他人共享美食。所謂獨樂樂不如眾樂樂，一個人吃飯多沒意思，邀請好朋友來聚聚餐吧！

現代漢字	甲金體	甲骨文	金文	篆體	構字意義
即					單人用餐
卿					雙人共食
鄉					鄉民共食
既					食畢離席

面對面的人

卯 ㄇㄠˇ

mǎo

即將「分離」或剛「會面」的兩個人。

「卯」的古字構形繁多，但都是描寫兩個完全對稱的人或物，如甲骨文、金文及篆體、、、。將所有具有「卯」構件的漢字彙整之後，發現「卯」代表剛會面或即將分離的兩人。其中，、及表示相會的兩個人，而、、像是從中一分為二的物體，具有分離之義，綜

甲 金 篆

而言之，「卯」表示即將分離或剛會面的兩個人。所謂的「卯時」指的是清晨五點到七點，正是「日月交替」的時刻，日與月相會之後又分離，故稱為卯時。卯時也是官員們彼此「會面」上朝的時辰。古代宮廷在「卯時」對前來上朝的官員一一點名，稱之為「點卯」，官員們回應則稱為「應卯」。兩人相遇，彼此對上了，也可說成「卯上了」，而「卯足了勁」則是形容費力去應付的意思，另外，「卯榫」是指兩根木頭凹凸相接的地方。

柳 ㄌㄧㄡˇ liǔ

兩個即將「分離的人」（，卯）在一棵「樹」下（）惜別。「楊柳」也就是「惜別樹」。

楊柳的枝條柔細，微風吹起時，尤其發人幽思，因此《詩經．小雅》說：「昔我往矣、楊柳依依。今我來思、雨雪霏霏。」意思是回想當初我出征之時，懷著楊柳般依依不捨的心情；如今回來的路途中，雪花紛紛，滿天飛舞，這首詩是描寫西周的遠征戰士離鄉與歸鄉的心情。

甲 金 篆

留 ㄌㄧㄡˊ liú

天黑了，該回家了，但兩個即將「分離的人」（）卻依依不捨，駐足在田（）裡。

古代農民「合耕」現象極為普遍，無論是周朝井田制度下，八家合耕「公田」；或是佃農合耕地主的田；甚或幾家一起收割、插秧等。合耕的農民常常一邊耕作，一邊話家常，有時候，天黑了或該回去吃午飯了，他們仍不捨離別，還逗留在田裡。相關用語如停留、滯留、拘留等。

金 篆

貿 ㄇㄠˋ mào

交換「金錢」（，貝）及貨物後，兩個人就彼此「分離」（，卯）。

貿也就是完成交易，相關用詞如貿易、經貿等。《說文》：「易財也。」

聊 ㄌㄧㄠˊ liáo

兩人面對面（）彼此互聽（，耳）對方的談話。

「聊」的構字意義真好，清楚描寫用「耳」朵專心傾聽對方談話的場面，人與人之間的「溝通」不就是在追求這個境界嗎？「聊」引申為閒談、樂趣，相關用詞如閒聊、無聊（沒有樂趣）等。

昴 ㄇㄠˇ mǎo

「相聚」在一起（）的許多顆「星星」（）。

古代稱西方的白虎星座為昴。《說文》：「昴，白虎宿星。」

劉 ㄌㄧㄡˊ liú

兩把「金」（）「刀」（）相「會合」（）。

商朝人用青銅鑄造刀劍，周朝人後來改成用鐵鑄造刀劍。所謂的「金刀」就是指鋒利的刀，而「劉」的本義就是鋒利的雙刀。雙刀武器是兩把等長的短刀，施展時，須貼近對手，因此，不僅講求雙手的分進合擊，更講求步伐的滑移。劉姓祖先大概擅長使用雙刀，於是以「卯金刀」為姓氏。

關於雙刀武器的古籍記載，《尚書》：「一人冕，執劉，立于東堂。（有一個侍衛，戴著頭盔，雙手拿著鋒利的刀，站在大堂東邊台階上。）」梁朝陶弘景《古今刀劍錄》：「後燕慕容垂

金 篆

金 篆

以建興元年，造二刀長七尺，一雄一雌。」「劉」引申意為殺戮。

卬 ㄧㄤˇ yǎng

或ㄤˊ，áng。跪著（）與彎腰站立（）的人。

「卬」有兩種構字意象，一個是跪著的人抬起頭來看起身站立的人，依從這個意義的「卬」加上「人」字旁之後而成為（仰），具有抬頭觀看、羨慕、敬慕的意涵，相關用詞如仰望、景仰、仰慕等。

「卬」的另一個構字意象是跪著的人從地上起身站立，依從這個意義的「卬」經過後人加上「日」之後而成為「昂」。（昂）表示太陽（）漸漸升起，如同一個跪著的人（）從地上起身為站立的人（），因此，「昂」引申為高舉、振起，相關用詞如昂首、昂貴等。

迎 ㄧㄥˊ yíng

兩人在「路上行走」（，辶）時相遇，右方的人「跪拜行禮」（），而左方的人則「彎腰答禮」（）。

《說文》：「迎，逢也。」相關用詞如迎接、逢迎等。

篆

御馬的人

西周的武術教育主要為射（射箭術）與御（馬術），禮法規定貴族子弟必須學會「五射」及「五御」，也就是五種射箭與駕馭馬匹的技術。騎士若要駕馭馬匹，必須先以轠繩套住馬頭，然後以雙手拉住轠繩，如此才能控制馬匹。為了描寫御馬的「轠繩」，便造出「午」，並由午衍生出與「馬」有關的字：卸、御及秦。

午 ㄨˇ
wǔ

「十」（）字交錯的「馬轠繩」，也就是套在馬頭上的繩索。

甲 金 篆

金文、及篆體表示「十」字交錯的「馬轠繩」，從左右分岔而出的兩條線代表馬轠繩，騎士的左右手分別拉著轠繩的兩股以控制馬匹行進；為「十」的金文，具有這個構件的字有（廿，二十）、（卅，三十）、（古）、（直）等。由於綁馬頭的繩索都會在馬的兩頰處，交織出十字形狀，而在口鼻處拉出兩條可供騎士操控的繩索，所以古人以此特徵造出「午」，並以「午」來代表「馬」。

由於馬轠繩是由縱橫交錯的繩索所組成，所以「午」也用來表示時間的交錯，如上午、中午。《廣韻》：「午，交也。」《韻會》：「一縱一橫曰旁午，猶言交橫也。」《說文》：「臣鉉等曰：『午，馬也。』」郭沫若在《甲骨文研究》中寫道：「午，疑當是索形，殆馭馬之轡也。」

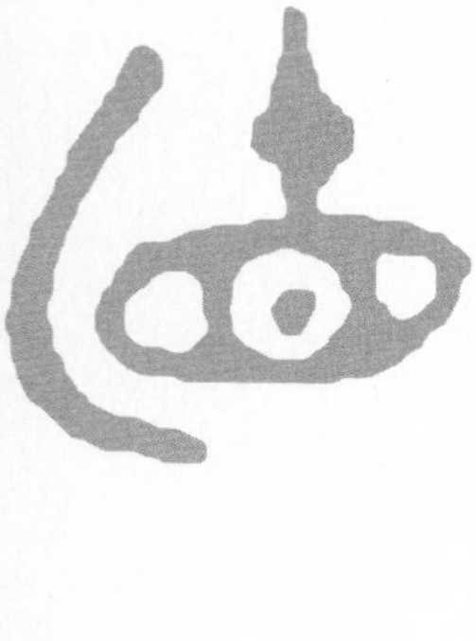

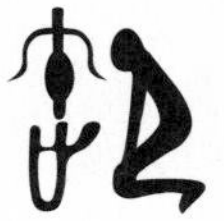

卸 ㄒㄧㄝˋ

xiè

「車夫」（**）牽「馬」（****，午）「走路」（****，****）。**

「卸」本義是下車解馬，引申為解除、把東西放下，相關用詞如卸除、卸任等。

篆 

御 ㄩˋ

yù

馬夫（**）駕馭著馬匹（****）在路上（****，彳）行走（****，****）。**

甲骨文表示一個跪坐在馬背上的人手持馭馬的繩索（，糸，繩索）在路上行進；金文是將「繩索」改成十字交錯的「馬韁繩」（），又加上「止」（，）。「御」引申為控制、統治，相關用詞如駕御、統御等。《說文》：「御，使馬也。」

甲 金 篆 

秦 ㄑㄧㄣˊ

qín

兩隻手（**）拿禾（****）草餵養馬匹（****），養馬人也。**

周朝的秦非子善於養馬，無論是馬匹的繁殖、調養、訓練及疾病防治等都有專精，將周朝王室龐大的馬群照料得極為精壯，於是受封於秦地，成為秦國開國君王，奠定秦始皇霸業的基礎。秦的構字本意，指的就是「養馬人」。

許多學者把一律當作舂米的木杵，因而造成許多誤解，如將「秦」解釋為兩手拿著木杵擊打禾草，將卸、御也解釋成拿杵棍擊打。舂的甲骨文、金文及篆體，木杵的甲骨文構型是，而馬韁繩的甲骨文構型是，兩者構型大不相同，但兩者的金文卻是相同的，可見兼具馬韁繩與木杵兩個意涵。

甲 金 篆 

古人常遇到被野獸或敵人追逐，甚至被逼到懸崖邊，跌落懸崖而受重傷。這樣的慘痛經驗自然也成為造字的素材。望懸崖而生畏懼之心，懸崖，就意味著危險的地方。

危 ㄨㄟˊ wéi

站在懸崖上的人（），不慎跌落以致成為重傷的人（，㔾，蜷縮之人）。

「危」的甲骨文 是一個向下急速墜落的拋物線箭頭，意指物體自高處墜落。到了篆體變為 ，表示一個人高高站在懸崖邊，後來，這個字又演變成 。「危」引申為高聳、不安全，相關用詞如危險、危機等。

另外，厄的構字概念與危相近。 （厄，ㄜˋ）表示由懸崖（ ）掉下而受重傷的人（，蜷縮之人）。由於處在懸崖下，求救無門，所以引申為面臨困境的意思，相關用詞如厄運、厄難等。

甲 金 篆

夗 ㄩㄢˋ yuàn

一個在夜間（，夕）蹲縮的人（）。

為什麼這個人在夜裡不睡覺，卻要蜷縮著身體蹲在牆角呢？是因為貧困而無安棲之處？是因為重病？還是為事憂慮？由「宛」及「怨」這兩字也許可以看出端睨。

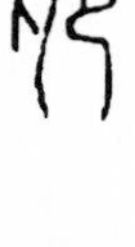

篆

宛的篆體表示在房子裡（），有一個在夜晚蹲縮的人。夜間無法入睡，在角落輾轉反側，內心必定有苦情，所以「宛」的引申義有兩個，一個為「翻轉」，取其輾轉反側的意思，相關用詞如宛轉；另一個是「好像、似乎」，相關用詞有宛如、宛然等。而（怨）則是表示一個在夜間無法安睡的人（），想必是心裡（）有許多不滿，相關用詞如怨恨、抱怨、怨氣等。

卷 ㄐㄩㄢˇ juǎn

或ㄐㄩㄢˋ，juàn；ㄑㄩㄢˊ，quán。蹲坐在地上的人（）以兩手（）將「米」中的雜質剔除（）。

五穀收割之後，需要經過曬穀、去殼等過程，最後再將雜質剔除才能得到精緻的良米。這都需要奴僕蜷縮著身體，仔細分辨挑選。

卷的本義為身體蜷曲的人，從此義的「卷」後來改作「捲」，發音為ㄐㄩㄢˇ。「卷」有兩個引申義，一個是（可捲曲收藏之）文件或書畫，音發ㄐㄩㄢˋ，相關用詞如卷宗、考卷等；第二個是彎曲的，音發ㄑㄩㄢˊ，相關用詞如卷（鬈）髮。

「卷」所衍生的字有拳、蜷、圈、倦等，拳（）表示將「手」（）「卷」曲（）起來，握拳也；圈（）表示將外圍（）卷（）繞起來；倦（）表示人（）因疲勞困乏而卷曲（）；「蜷」表示像「虫」一樣「卷」繞起來，蜷縮。

篆

躺臥的人

如何表達一個躺臥的人呢？許多四肢動物睡覺的時候，習慣採用側臥，而且睡熟之後，簡直就像一具屍體，於是古人便以一個側躺的人（）來代表一具屍體或躺臥休息的人。

甲骨文或金文的構形都是「側躺」的人，然而隸書卻將它改變為「尸」。「尸」除了代表曲身躺臥之人以外，當然也代表直躺的人。由「尸」所衍生的常用字有屍、屋、居、尺、局、尾等。在的臀部底下加上一條長長的尾巴便成了（尾），由尾所衍生的常用字有犀、屬、尿、屈等。

橫躺的屍體

一九七二年，考古學家在湖南長沙市的馬王堆一號墓裡，發現一具兩千兩百年前的女屍，不僅屍身保持完整，內臟絲毫未腐爛，而且毛髮俱在，皮膚仍有潤澤，指紋清晰，肌肉有彈性，關節仍可活動，這是世界上唯一保存良好的「濕屍」。經過詳細考證後，發現女屍名為辛追，是長沙國丞相利蒼的妻子，享年五十歲。至於，沉睡地底兩千多年的女屍為何能常保如新，至今仍然無解。辛追的整個墓園，從逐層的棺木、木炭、白泥膏、木槨，再到最外層的黃土，都是經過精密的安排，可見古人是如何看重身後的世界。

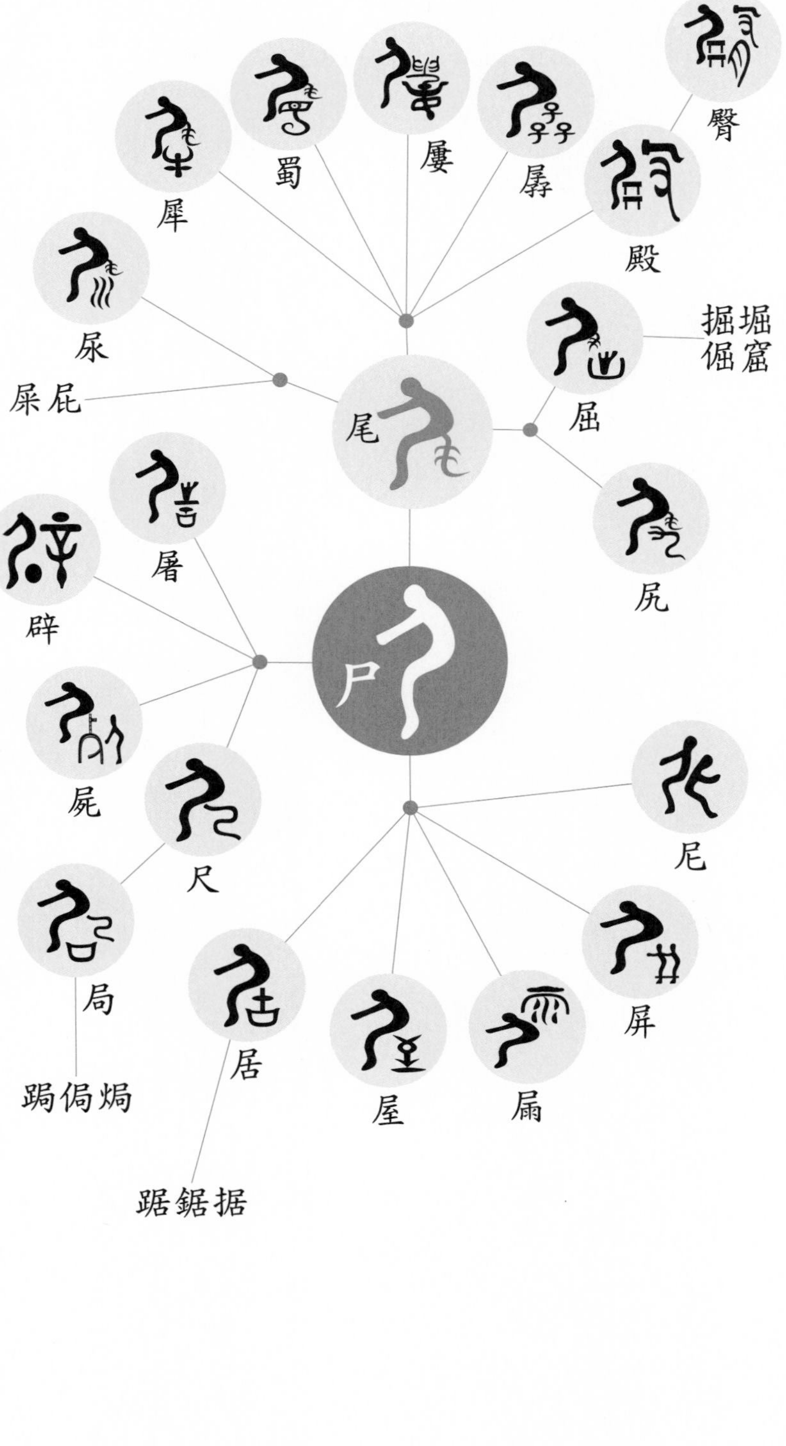

死 ㄙˇ sǐ

「人」()的魂魄離開後，只留下一堆「殘骨」()。

古人深信，所謂的死亡，乃是靈魂或生命氣息離開了身體，一旦身上的靈氣離開了，即便是將屍體保持新鮮兩千年，仍然是無法復活。《白虎通》說，「死之言澌，精氣窮也。」《莊子．知北遊》：「人之生，氣之聚也。聚則為生，散則為死。」《關尹子．四符篇》：「生死者，一氣聚散耳。」這些古籍所說的「氣」，應是指生命氣息，大意是說，當「氣」聚集在人體內，人就活了，但「氣」若渙散離去，人就死了，因此，所謂之「生」與「死」，只是關乎一口「氣」罷了。《聖經．創世紀》也說：「耶和華神用地上的塵土造人，將生氣吹在他鼻孔裡，他就成了有靈的活人，名叫亞當。」可見，無論中外，對於生命氣息的認知是相通的。

金

篆

屍 ㄕ shī

一個「橫躺」()的「死」()人，也就是死人的身體。

尺 ㄔˇ chǐ

以繩子()來量測一個橫躺的人()。

古人很重視喪葬禮儀，人死了就要量身以製作棺木、喪服等。篆體、表示用一條繩子來量測一個橫躺的人。在缺乏度量衡的時代，以繩子來量長度是實用又簡便的方法。「尺」引申為測量長度、測量長度的工具或單位，古人以十寸為一尺。

古人以量尺來衡量所製作的家具、服裝等，使其不要過長或過短，因此，量尺也引申出

篆

「限制」的意涵，什麼東西需要限制呢？周朝崇尚禮儀，說話與行為舉止都要合於規範，尤其是「口舌」最容易惹出禍端，必須加以限制，於是造字者便由「尺」衍生出「局」這個字。

局 ㄐㄩˊ jú

以「尺」（，請參見「尺」）來衡量「口」（）中所說的話。

「局」的篆體表示將說話的口（）以量「尺」（）加以規範。局的本義是限制所說的話，引申為被侷限的空間、機構或人員等，相關用詞如郵局、飯局、騙局。《說文》：「局，促也，從口在尺下」。「局」所衍生的字有焗、侷、跼等。這三個字都有被限制在一個範圍之內的意思，如「焗」是用「小火」煎烤——火被限制了；「侷」代表狹小空間——人被限制了；「跼」代表拘謹不安的樣子——足被限制了。

篆

屠 ㄊㄨˊ tú

將他人變成一具「屍體」（）的「使者」（，者），屠夫。

引申為宰殺，相關用詞如屠殺、屠夫等。

躺臥休息的人

居 ㄐㄩ jū

「古」（）代祖先就在此「躺臥」（），代表可長久安歇的處所。

「凥」（，ㄐㄩ）是「居」的異體字，表示可躺（）可坐（，几，矮凳）的地方。有不少學者誤將（毓）看成（居），因而

金

篆

將「居」解釋為一個人「蹲」著生孩子，從而認為「居」就是「踞」。這是錯將其中的「古」（ ）視為 （倒子）所造成的誤會。 是「毓」的古字，構形與 （居）非常相像，需要仔細分辨才能察覺其差異（請參見「子、毓、育」等古字，第一章，19、27頁）。

屋 ㄨ wū

到（ ，至）了可以躺臥（ ）安歇的處所。

旅人經過整日跋涉之後，到了傍晚就要尋找可歇息的住處，若是看見遠處有房屋村落，就會朝那裡走去。

「至」（ ）以一支射在「地上」（ ）的「箭」（ ，矢）來表示「到達」，因為在軍營裡若發現有箭「矢」隔空射來，就表示敵人「到」了。

屚 ㄌㄡˋ lòu

「雨」水（ ）打在「躺臥」（ ）的地方。

「屚」後來添加「水」改做「漏」（ ）。另一個篆體 表示雨水從「屋棚」（广）滲下來。《說文》：「屚，屋穿水下也。」

屏 ㄆㄧㄥˊ píng

或ㄅㄧㄥˇ，bǐng。躺臥處（ ）後方有「並」排（ ）可防風的樹木。

中國人建造房屋都講求坐北朝南，除了採光的因素之後，更重要的是為了避風。由於中國位於季風氣候帶，古人將大門設在南方，以迎接夏天舒適的南風。考古學家發現商周時期的房子都是將大門安置在南面，而在居所北方則種植成排的樹木以阻擋嚴寒的冬風，而此並排的樹木稱為「屏藩」，又稱為「屏風」。顧名思義，「屏風」是遮風或去風的意思，引申為遮蔽、除去，相關用詞如屏蔽、屏除等。

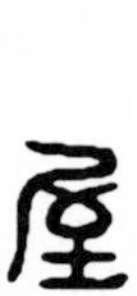 篆

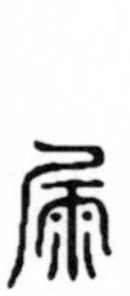 篆

 篆

《爾雅．釋宮》云：「屏謂之樹。」「屏」就是成排的「樹」，《尚書》周康王的文誥說：「皇天用訓厥道，付畀四方，乃命建侯樹屏。」大意是說，皇天上帝將四方的人民交付給我先王，先王於是命令諸侯建立國家，並在國之四圍種樹當作屏障。所謂之「樹屏」，《康熙字典》註解說：「樹以為屏藩也。」

尾巴與屁股

漢字在描寫動物尾巴這方面可說是費盡心思，剛開始是以（尾的本字）畫出尾巴的形狀，但是其構形與毛（）很相近，容易混淆，於是便把加在的臀部，就成了（尾）。有些學者把「尾」解釋為屁股後面裝了羽毛飾物的人，進而用以詮釋出、尿、屎等字。但令人不解的是，周人何苦自貶身價，矮化成動物呢？殊不知漢字常以動物來詮釋人的行為，這種技巧在構字中屢見不鮮。

犀 ㄒㄧ xī

有「尾」巴（）且頭頂前端有「尖角」的「牛」（）。

有一種動物很像「牛」，有「尾巴」，頭上也有「角」，但角卻是長在口鼻的前端，金文於是依據這些特徵而描繪出，稱為犀牛。犀牛生性兇猛，好衝撞，且犀角銳利，所以「犀」引申為堅固且銳利的意思，相關用詞如犀利等。可惜，後來為了書寫的簡便性，將頭頂的兩隻前角省略掉了，因而形成篆體。諷刺的是，頭上的犀牛角不見了，犀牛就僅僅成了一頭有尾巴（）的牛（），完全失去犀牛的特

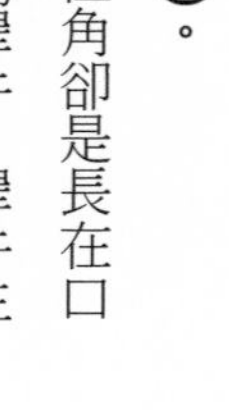

徵。難道犀牛角是被鋸走當祭品或拿去做成中藥了嗎？商周人相信犀牛角或牛角是力量的來源，常用它來當作祭品或酒杯，後人也將犀牛角視為醫藥聖品，如唐代《藥性本草》認為犀牛角可清火解毒。犀牛（母犀牛稱為兕）與老虎都是凶猛的野獸，常出現在古代畫作與典籍中，但經過長年捕殺之後，犀牛在中國大陸絕跡了。同樣的命運也發生在大象身上。古代貴族所使用的器物有許多都是用象牙製的，古代典籍也有大象在中原生活的記錄，但如今大象已不復見。匹夫無罪，懷璧其罪，人類對象牙、犀牛角、虎骨等的需求，使野生動物遭逢劫難。

尿 ㄋㄧㄠˋ niào

有「水」（）從臀「尾」（）流出來。

這個字原本是形容動物尿尿，後來擴及人類。貓在排尿之前會習慣性抖抖尾巴，然後從臀尾流出水來，但是人呢？由於人的尾巴在進化過程中早已消失不見，所以這個字在人的身上並不完全適用，於是後人便將臀部的尾巴（）省略，因而形成「尿」。與尿有相同構字概念的還有屎、屁等字，「屎」可意會為吃進去的「米」食，最後從臀部（尸）排出；「屁」可意會為臀部（尸）發出「比」的聲音。

篆

屈 ㄑㄩ qū

夾著「尾」（）巴跑「出」（）去。

金文（）表示夾著「尾」巴（）跑「出」（）去，篆體則是簡化後的結果，這也是藉動物行為來描寫人類行為的構字應用。

當主人打（或訓斥）狗的時候，狗通常是縮著身體且夾著「尾」巴跑「出」去，古人於是就以此產生聯想。當一個人遭受欺壓時，處境就好像夾著尾巴逃跑的狗一般，因此，「屈」的引申義為彎縮、意志受挫、被冤枉，相關用詞如屈膝、屈辱等。《說文》：「屈，無尾也。」（無尾

金

篆

應該是指狗尾巴縮進去吧！）漢字有時候會用動物來描寫人，有不少字就是用犬來比喻人，除了屈以外，還有哭、伏、狀等。

尻 ㄎㄠ kāo

長長的脊椎「一直伸展」（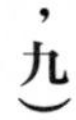，九）到「尾」端（）。

「尻」就是尾椎。「九」代表一隻盡力伸展的手臂。

殿 ㄉㄧㄢˋ diàn

「手持長棍」（）擊打「俯臥」（）在兩張「几座」（，丌）上的人。

篆體是描寫古代針對冒犯朝廷的人施以杖刑的情景，受刑人趴臥在兩張几座上受刑，「丌」（ㄐㄧ）是放置器物的几座。

殿有兩個引申意涵，一個是屁股，後來依從這個意思的「殿」轉作「臀」，另一個引申意是帝王居所或朝會的地方。殿堂是神聖莊嚴的地方，帝王升堂舉行朝會的時候，都擊鼓發聲以增加其威嚴，若是臣民有不敬之處，往往會被處以杖刑（打屁股）。殿就是大廳堂，相關用詞如殿堂、宮殿。此外，「殿」也引申「在後」的意涵，如殿後、殿軍等。《說文》：「殿，擊聲也」。《爾雅．釋訓》：「殿屎，呻吟之聲」。（連屎都被打出來，自然呻吟不已。）

臀 ㄊㄨㄣˊ tún

被「擊打發聲」（）的「身體器官」（）。

相關用詞如臀部、臀鰭。

篆

篆

與他人互動的人

「匕」（）是一個與「人」（）呈現左右對稱的漢字。在漢字中，「匕」大多與「人」同時呈現在單一的漢字裡，因此「匕」就好像是人的孿生兄弟一般，總是與各種姿態的人呈現有趣的對應，例如比（）是兩個擺出相同姿態的人；北（）是兩個擺出左右相反姿態的人；化（）是兩個擺出上下相反姿態的人；尼（）是兩個相互依偎的人；老（）是少年扶持老年人。由這些構字可知「匕」是一個與他人產生互動的「人」。

現代漢字	甲骨文	金文	篆體
人			
匕			

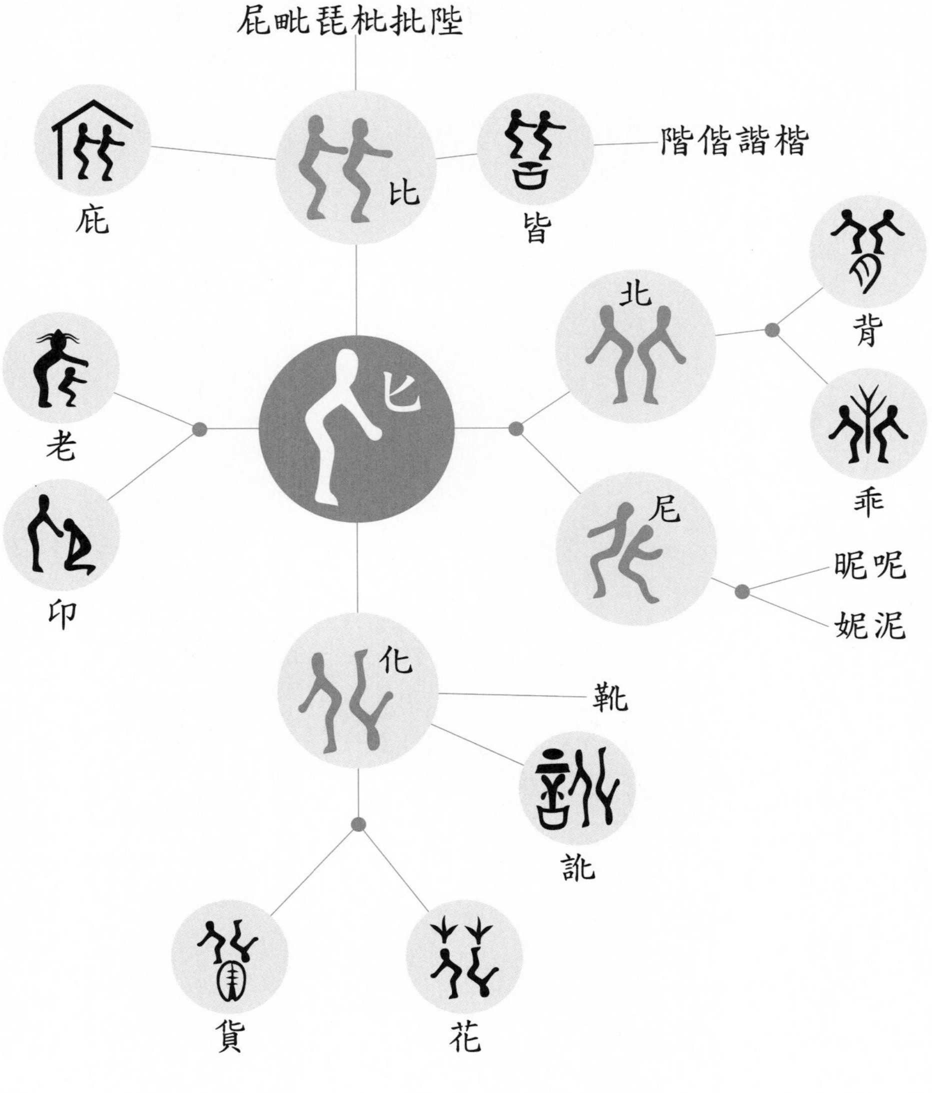
屁毗琵枇批陛
庇
比
皆
階偕諧楷
北
背
乖
老
匕
卬
尼
昵呢
妮泥
化
靴
訛
貨
花

比 ㄅㄧˇ bǐ

或ㄅㄧˋ，bì。**兩個互相較量的人**。

甲骨文、金文及篆體、、都顯示兩個互相模仿或競賽的人，兩者姿態幾乎一致。因此，「比」引申為相互較量、親密，相關用詞如比較、比如、比鄰等。

皆 ㄐㄧㄝ jiē

「兩人」（）**「異口同聲」**（，曰）。

篆體將曰改成「白」。

庇 ㄅㄧˋ bì

「兩」人（）**棲息在他人「屋棚下」**（，广）。

相關用詞如庇護。「广」代表屋旁的場所。

北 ㄅㄟˇ běi

兩人背對背。

「北」的本義為背部，後來轉為背（），因為後人認為背部是「身體器官」，所以加了「肉」的偏旁。

「北」最普遍的意義為北方，因為古人蓋房子講求「坐北朝南」，主人坐在廳堂上，自然是

背對著北方，面向南方，因此，背的方向就是北方。

「北」也有戰敗的意思。為何會有這個引申呢？因為自殷商以來，中國最大的外患主要來自於北方遊牧民族，因此秦始皇築長城以防止北方外族侵略，當敵人騎馬南下侵襲的時候，漢人便將他們打回去，敵人吃了敗仗，只好轉頭撤退，也就是往背後的北方逃回，所以「北」就引申為敗逃的方向，相關用詞如「敗北」等。

乖 ㄍㄨㄞ guāi

爭鬥不合的兩人（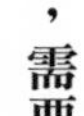，北），需要第三者出面「干涉」（，干）並加以調解。

人與人之間的相爭，從未停止。紛爭要如何平息呢？在家庭中，當兄弟或夫妻在爭吵時，父母通常會出面干涉或勸導兩人和睦相處。在當今的世界，如果有兩個國家發生紛爭，便有國際組織或其他國家出面調停干涉以止息戰爭。「乖」正是描寫止息紛爭的情景。

由的背對背構形就可以知道兩人不和睦，所以「乖」引申為行為偏激反常，相關用詞如乖僻、乖張、乖戾。有趣的是，「乖」也引申出順從或機巧之義，相關用詞如乖順、乖巧。「乖」何以引申出兩種完全相反的意涵呢？當有權柄者前來干涉時，誰敢反抗呢？本來「乖張」的人，怕被處罰，只好「乖乖」聽話了。

篆

化 ㄏㄨㄚˋ huà

將一個「倒行逆施的人」（）轉化為「行事端正的人」（）。

甲骨文及金文都顯示一個「倒立」的人及一個「正立」的人，倒立的人代表行事不正的人或逆天而行之人（例如「辛」的甲骨文

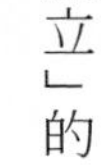
甲

金

篆

也是倒立之人，意思是罪犯），因此，「化」的引申義就是「轉化」，把倒立的人轉化為一個正立的人，相關用詞如感化、教化等。篆體調整筆順後卻變形為兩個正立的人，以至於失去原意。《說文》：「化，教行也。」（教化也。）衍生字「花」可意會為由「艹」轉「化」之物，因為，花是由草所長出來的。另外，「靴」可意會為由皮「革」轉「化」之物，也就是說，靴子是用皮革做出來的。

貨ㄏㄨㄛˋ

huò

可轉「化」（**）為「金錢」（****，貝）的東西。**

訛ㄜˊ

é

將他人所「言」（**）之事實轉「化」（****）為虛謊之事，即傳話內容發生錯誤。**

相關用詞如訛傳、訛言等。

尼ㄋㄧˊ

ní

相互依偎的兩個人。

篆體描述兩個相互依偎、和諧互動的人。尼的本義為親密、和諧，後來這個意思的「尼」轉作「昵」，是親昵的意思。以「尼」為聲符所衍生的常用字有泥、妮、呢等。

除此以外，「匕」的金文與商周時期的青銅匕首或飯匙相近，所以後來也都演化成匕，如「匙、旨、嘗」當中的「匕」都是代表盛食物用的「匙子」。

篆

消失不見的人

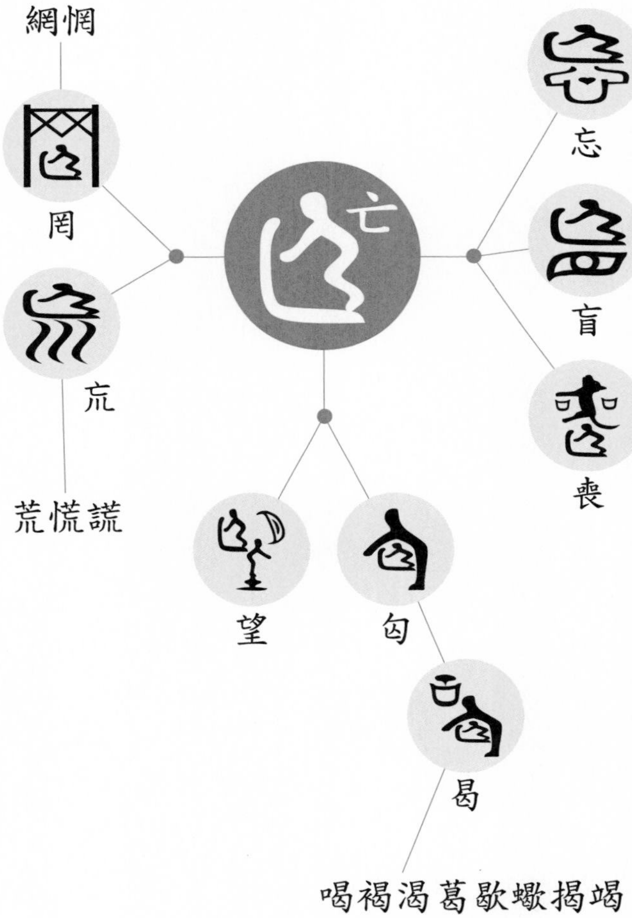

我小時候喜歡玩捉迷藏，常常躲到隱密又黑暗的地方，讓當鬼的人難找到，有幾次當鬼的人找了半天找不到，已經放棄不找了，我卻傻傻地躲到睡著了。年紀稍微大一點，我常常幻想自己是個隱形人，潛入敵營去殺首領。那時候覺得當個隱形人真好，可以完成許多英勇的大事，又可逃避敵人的攻擊。當敵人圍捕時，立刻就隱形消失不見！

人遇到禍害時，本能地會將自己隱藏起來。（亡的甲骨文）是一個手持擋板、設法把自己隱藏起來的人。這個甲骨文後來變為金文及篆體，表示人（）進入隱密（，隱，ㄧㄣˇ）的地方把自己隱藏起來，引申為走失、逃跑、消逝不見，這也讓我想到那個玩捉迷藏的小孩，躲到陰暗的角落讓別人找不到。

流亡的人

在古代，因為戰亂、天災或仇殺等因素而被迫流亡他鄉的情況時常發生。我們可以從「丐」與「曷」兩個字的構字概念來體會流亡者的可憐處境。

曷 ㄏㄜˊ hé

「流亡的人」（）向天求「問」（，曰），為什麼？

人在窮困潦倒之際，自然就會向天呼喊求問，如《後漢書》說：「凡人之情，冤則呼天」；《史記》也說：「故勞苦倦極，未嘗不呼天也」。

四處流亡以致於淪落為乞丐的人，心裡愁苦時難免向神求問，為何待我如此不公？為什麼我會……？「曷」表示逃亡的人向天求問，引申出「為何」的意涵，相關用詞如曷至哉？曷故

篆

哉？以「曷」為聲符所衍生的常用字有喝、渴、葛、褐、歇、蠍、揭、竭等。

匄 ㄍㄞˋ gài

流「亡」（，亡）之「人」（）。

「匄」是丐的古字，引申為無家可歸且四處行乞的人。乞丐也。

望 ㄨㄤˋ wàng

「站在地上的人」（，壬）賞「月」（）時，思念起流「亡」（）的親人。

甲骨文表示一個站在地土上的人（，請參見「王」，第二章，103頁）向天觀看（，眼睛）。古代的「柴望」就是焚柴祭天時向天仰望的一種祭祀；金文添加了月（），表示賞月或望月；篆體把「臣」省略，添加了「亡」，表示地上的人賞月時，思念起流亡的親人。

許多家庭因為發生戰亂或天災而四處流亡，骨肉失散。每逢月圓，舉目望天，不禁思念起流亡的親人，而「望」這個字正表達了這種望月思親的情緒。「望」引申出兩個主要意涵，一個是觀看，另一個是期盼，相關用詞如仰望、盼望等。《說文》：「望，出亡在外，望其還也。」

逃亡的人

「亡」的漢字構件也代表逃亡，古人因戰爭、犯罪、飢荒等因素而逃亡的人，奔逃時就好像

篆

篆

傾洩的江水，四處竄流，而追捕的人也會設下天羅地網，巟、罔及其衍生字便是以此為根據。

罔 ㄨㄤˇ wǎng

用「網子」（）捕捉逃「亡」（）者。

「罔」引申為網羅、陷害，所衍生的字有網、魍、惘等。網（）表示以「絲繩」（）製成可「捕捉逃亡」（）之物的工具；魍（）表示會「網羅」（）人的「鬼」（）；惘（）表示心（）陷落在「網羅」（）之中，以致於心神恍惚。

巟 ㄏㄨㄤ huāng

四處奔逃（）的「川」水（）。

「巟」引申為水勢廣大。「巟」所衍生的常用字有荒、慌、謊等。

失去……的人

人隨著年齡增長，視力變得愈來愈模糊，記憶變得愈來愈遲鈍，最後就步入死亡。漢字要如何描寫看不見的眼睛、淡忘的記憶、凋零的生命呢？盲、忘、喪三個字就是描寫這三樣失去的東西。

金

篆

篆

盲 ㄇㄤˊ

máng

視力（ ）「失去」（ ，亡）了。失明也，相關用詞如色盲、盲從等。

忘 ㄨㄤˋ

wàng

「心」中（ ）記憶「失去」（ ）了。

金文 及篆體 表示心中的記憶失去了。古人認為記憶是由「心」掌管，因此，我們常會說「牢記在心」，卻不說「牢記在腦」。

喪 ㄙㄤˋ

sàng

為「失去」（ ）心愛的東西而哀「哭」（ ）。

人生在世總有許多為逝去親人而哀哭經驗。金文 表示為「手」（ ）中所「失去」（ ）的東西而「連連嚎叫」（ ，叩）；篆體 表示為「失去」（ ）的東西而哀「哭」（ ）。「喪」引申為哀傷、死亡，相關用詞如喪失、沮喪等。《說文》：「喪，亡也，從哭從亡。」

「喪家之犬」原是指無家可歸的狗，卻常被用來比喻無處投奔而到處亂竄的人，這個可憐人會是誰呢？《史記》記載，孔子周遊列國，卻沒有任何一個國君願意重用他。有一回，孔子與弟子到了鄭國，走散了，弟子就到處向路人打聽老師的下落，一個路人回答說：「在東門外，有一個老人，額頭長得像堯，脖子像皋陶，肩膀像子產，腰部以下比大禹還短個三吋，頹喪不堪，像個喪家之犬，那大概是你們的老師吧！」後來，弟子依照那個路人的指示找到了孔子。經弟子轉述後，孔子大笑：「把我形容得像喪家之犬，還真是貼切呀！」。「喪」的簡體字為「丧」，將「口」簡化為一撇。

張口吐氣的人

「气」就是輕飄飄、散發在空中的東西，因此，气的甲骨文像是可隨風飄送的東西，金文則是上升在空中之後隨風飄散的東西。以「气」為義符可衍生出各種氣體，如氫、氦、氧、氯、氮等。

「气」的繁體字為「氣」，篆體是由「气」及「米」所構成的會意字，因為古人見「米」飯蒸熟之後冒出大量的「气」體，因而創造出「氣」，相關用詞如蒸氣、氣味、氣息等。

另外，乞丐的「乞」也是由「气」所衍生而出。「乞」表示一個屈膝下跪的人（乙，彎曲的人或物）口中不斷發出求討的可憐氣息（省略的「气」）。

「欠」的篆體是一個張大口的人，另一個篆體則將張開的口改成气（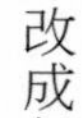），表示一個張口吸氣、吐氣的人。誰會常常張大口吐氣呢？打哈欠或嘆氣的人吧，因此，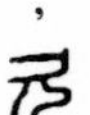、像是一個因「欠債」或「身體欠佳」的人在哀聲嘆氣或打呵欠，其他引申義如欠缺等。

「欠」所衍生的漢字大致可分為五類，分別為與張口吐氣有關的吹、炊、歌；與張口喘氣有關的次；與流口水有關的羨、盜；與氣逆不順有關的既、欶；與張口發問有關的肄、疑。

欠
旡
既
肄
疑
愛
朁
潛簪蠶
僭
次
咨諮姿資恣
盜
羨
欲
慾
飲
欣
歉芡嵌
歌
吹
炊
欸
厥
厥蹶獗蕨闕
欺歐歎歡歇

吹氣的人

吹 ㄔㄨㄟ chuī

張口（）吐氣的人（，欠）。相關用詞如吹氣球、吹口哨等。
另外，唱歌也需要吹氣，歌要唱得好就必須掌握吸氣、吐氣及換氣等技巧，因此便有了「歌」這個字。

歌 ㄍㄜ gē

一個張口吹氣的人（）連連擊石詠唱（）。
相關用詞如唱歌、歌唱家、歌曲等。

飲 ㄧㄣˇ yǐn

嘴含著（）酒（），一邊喝一邊吸氣（）。
隸書將篆體含著酒的符號改做「食」。

炊 ㄔㄨㄟ chuī

對著爐火（）吹氣（）。
古人燒柴造飯，當柴火變小的時候，就會趕緊對著爐火用力吹氣，把爐火燒旺。藉著吹氣把氧氣送進爐子的道理，古人早已曉得，因此，他們將燒火做飯稱為「炊飯」，多吹氣，飯就熟得快。煮飯用具稱為「炊具」，而燒火做飯所升起裊裊輕煙則稱為「炊煙」。

甲 金 篆

欣 ㄒㄧㄣ xīn

一邊拿著「斧頭」（，斤），一邊張口歌唱（，欠）的快樂工作者。

隸書將篆體含著酒的符號改做「食」。

流口水的人

羨 ㄒㄧㄢˋ xiàn

一個人對著烤羊肉（）張口哈氣（）並流口水（）。

在古代，烤羊肉、燉羊肉都是珍饈，吃不到的人在一旁偷瞄，聞著香氣，暗暗流口水。「羨」這個字，就是表達吃不到羊肉的渴望之情。

盜 ㄉㄠˋ dào

對著他人盆裡（，皿）的財物張口哈氣（）流口水（）。

「盜」是表達過度貪戀他人財物的行為，引申為偷取、搶奪，相關用詞如強盜、盜用等。

欲 ㄩˋ yù

一個「張口的人」（），飢餓得像山「谷」（）一般。

「欲」形容一個人擁有強烈的渴望。《說文》：「貪欲也。」而「慾」（）則表示渴望（）的「心」（），相關用詞如慾望、食慾等。「谷」具有容納的意涵。

喘氣的人

次 ㄘˋ
cì

氣喘連連的人。

甲骨文、金文及篆體都是描寫一個張口連連咳嗽的人；另一個篆體則是將張口的人變形為吐氣的人，表示氣喘連連的人。次，不佳、次等的意思，因為一個人若在工作中或奔跑時，停下來連連喘氣或咳嗽，自然是身體欠佳，相關用詞如次要、次序等。「次」也有行軍暫時駐紮某地的含意，例如《左傳·襄公十八年》:「楚師伐鄭，次於魚陵。」因為，行軍之後，士兵疲累不堪，需要找個能歇喘的地方，所以引申出這個意思。

轉頭的人

古人相當注重飲食衛生。吃飯吃到一半，若是突然被食物嗆到，便會立刻轉過頭來咳氣。這樣，咳出來的東西才不會跑到飯菜裡去，也不會將口中的食物噴到同桌吃飯的人。這種餐桌禮儀從旡、既等古字就可看出來。

旡 ㄐㄧˋ
jì

因气不順而「轉頭咳气」。

甲骨文是一個轉頭咳气的人。「旡」的構形與「欠」形成有趣的對比，「欠」是一個正面吐氣的人，而「旡」卻是一個回頭吐氣的人，兩

者的古字呈現左右對稱的構型。「欠」表示吐氣，「旡」表示氣逆哽塞，也就是因為气不順而回頭咳气或打嗝。

現代漢字	甲骨文	篆體	
欠			
旡			

既 ㄐㄧˋ jì

一個吃完飯（）打飽嗝（）的人。

「既」是描寫一個人吃完飯準備離開的景象。「既」引申為已經，相關用詞如既然、既得等。

甲 金 篆

肄 ㄧˋ yì

一邊「轉頭發問」（）一邊握「筆」（，聿）記錄，努力學習也。

甲骨文描繪一個發問的人及一隻手，金文及篆體則增加了一枝筆，表示一邊轉頭發問，一邊握筆紀錄；另一個篆體是調整筆順的結果，轉頭發問的人被拆成「匕」與「矢」兩構件，變成了。「肄」是學習的意思，所以還沒畢業仍在校的學生稱為肄業生。

甲 金 篆

孔子不但好學，遇到不懂之處則頻頻發問，孔子三十歲那年，自洛陽遊學歸來，臨時被請去擔任祭祀大典的助理，由於他從來沒有擔任過這種工作，進入太廟後，每件事情都仔細向祭司請教，雖然有人嘲笑他，他也不以為忤，他說：「知之為知之，不知為不知，是知也。」如

此好學好問之精神，的確是學習者的典範。

疑 一ˊ yí

一個人轉頭（ ）詢問：「我的孩子（ ）跑去（ ， ，止）哪裡了？」

甲骨文 像是一個人拿著「拐杖」在找東西，「轉頭向人求問」；金文 像是一個人張口求問：「我的牛（ ）走（ ）去哪兒了？」；篆體 則像是一個人張口求問：「我的孩子（ ）走（ ）去哪兒了？」但張口求問的人也被拆成匕與矢兩個構件，變成了 。「疑」引申為猜度、迷惑，相關用詞如懷疑、疑問等。

甲 金 篆

朁 ㄐㄧㄢˋ jiàn

君王回頭（ ）向大臣交代命令（ ），大臣再回頭（ ）向下屬交代命令。

由於當事人是藉著君王名義才得以行使職權，因此，「朁」引申為超越本分行事。「僭」（ ）表示超越本分（ ）行事的人（ ），相關用詞如僭越。

金 篆

愛 ㄞˋ ài

心（ ）中愛慕，頻頻回頭（ ），不忍離去（ ，夊，綏步也）。

當人看見愛不釋手的寶物，或當年輕人看見所暗戀的對象，心裡就碰碰跳，頻頻回頭，捨不得離去，愛的古字生動地刻畫出此戀慕之情。愛的相關用詞如喜愛、愛慕、愛情等。「愛」的簡體字為「爱」，「心」消失了。

篆

離不開土地的凡人

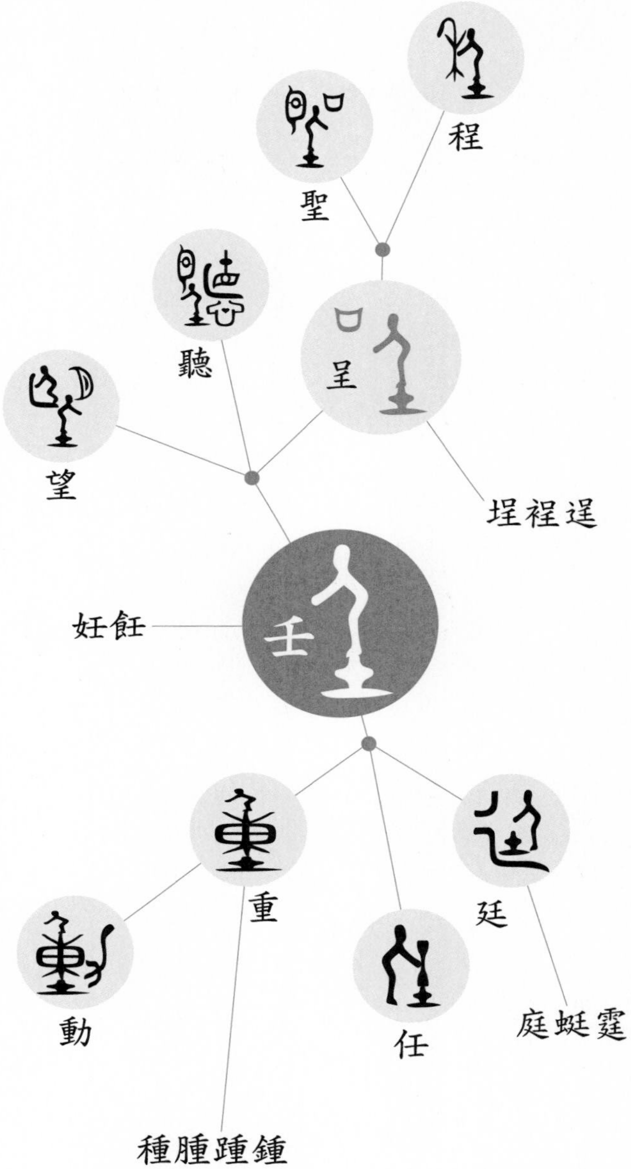

古人體會到，人活著是離不開土地的，總是依賴土地來維生，死後也要歸於塵土。中國的神話故事裡流傳女媧氏捏土造人，《聖經》也記載上帝以土造人。「王」的甲骨文便以站在地土（，「土」的甲骨文）上的人來表示受造的「凡人」，一個離不開土地的人，篆體也是一個人（）站在土（）上。

王、人、儿三個字的發音相同，都發ㄖㄣˊ，意義也相同，都表示「人」。儿（）是一個能以雙腳站立的人，王（）則是強調一個離不開土地的平凡人。「王」所衍生的漢字有兩個層面，一個是向天仰望的平凡人，另一個是從事土地建設的人。

向天仰望的凡人

古代先民敬天法祖。相傳黃帝本名公孫軒轅，本來是個部落首領，後來滅掉殘暴的蚩尤，其他部落臣服，尊他為「天子」，也就是天帝的兒子，後人則尊他為黃帝。傳說黃帝設立國家制度，制訂天文曆算，命倉頡創造文字，還通曉醫術，相傳《黃帝內經》就是紀錄黃帝與岐伯討論醫學問題的巨著，《黃帝內經》是一部相當有系統的醫學論著，記載了許多與現代醫學相通的醫學知識，如內分泌與循環系統等。黃帝被尊為中華民族的共同祖先，後來的君主如堯、舜、禹、湯、文王等，因效法黃帝敬天愛人的治國精神，也都成為聖君。總之，站在土地上的平凡人，若能常常仰望天，便能得著屬天的智慧與能力，呈、聖、聽、望都隱含「向天仰望」的意思。

呈 ㄔㄥˊ chéng

站在地上上的凡人（）向上天或天子請願或報告（）。

古代的統治者每遇大事都會告祭上天，例如《尚書》記載周武王領受天命去攻打商紂王，等到打敗殷商之後，便焚柴祭天並向上天「呈報」戰果，而《尚書・武成》便是其呈報之內容。呈的本義是向天稟報，引申為下對上的請願或報告，相關用詞如呈報、呈請等。

《史記・秦始皇本紀》記載秦始皇處理行政事務，無論大事小事都要親自裁決，在當時，臣子所「呈遞」的公文以竹簡書寫，而秦始皇每天都要閱讀一百二十斤重（一石）的竹簡「簽呈」，不完成絕不休息。

聖 ㄕㄥˋ shèng

一個「站在地上的人」（），能夠以口（）、耳（）與上天溝通。代表一個超越凡人而能通曉天理的人。

古人認為聖人之所以能超越平凡，在於他能直接與上天溝通，得到上天的啟示，因而能領受上等智慧。古代被稱為聖的大多為賢明的君王或是學問、道德到達化境的人。孔子被後世稱為「至聖先師」，是因為他有超凡的智慧及德行。宗教所謂的「成聖」、「聖人」，也都是表明已經達到人的最高境界，已經不是凡人了。

「聖」的簡體字為「圣」。然而，在古代，「圣」與「聖」是意義及構形完全不同的兩個字。古字「圣」（ㄎㄨ）的甲骨文及篆體表示以手挖土。《說文》：「致力於地曰圣。」

金

篆

聽 ㄊㄧㄥ tīng

甲 金 篆

「平凡人」（）要用「耳」（）聆聽有「德」（，悳）者的話。

甲骨文及金文表示用耳朵聆聽（）他人所說的話（）。

篆體表示站在地上的人（）用耳朵聆聽（）他人所說的話，另一個篆體則添加了悳（，ㄉㄜˊ），表示凡人（）要用耳朵聆聽（）有正「直」「心」腸的人（）所說的話。「悳」為「德」的本字，表示正直（）之心（），有正直心腸的人就是有德行之人。

《尚書．太甲》：「聽德惟聰。」《國語．楚語》也說：「聽德以為聰，致遠以為明。」大意是說，能「聽」有「德」行之言者才算是耳朵靈敏的人，能看得遠的人才算是眼睛明亮的人，具備這兩樣就可以成為一個「聰明」人。就構字意義而言，什麼是「聰」呢？篆體「聰」（）表示能將他人話語從耳（）朵聽進心（）裡的人。能幹的臣僕總是能完成主人所交代的任務，因為他們能將主人話語，從耳（）朵聽進去，然後打開心窗（，囪），思想明白，然後存記在心（），因此，這樣的人就是一個「聰」明人。

「聽」的簡體字為「听」，有「口」無「耳」，如何能聽呢？

從事建設的人

古字（堅）、（城）、（垣）、（壁）、（基）、（堂）、（塔）等都包含「土」的構件，這些字都表達出古人以「土」建造的歷史，清楚顯示古人使用石杵或木杵來「夯土」建造「堅」固的「城堡」、牆「壁」、地「基」、廳「堂」及高「塔」等。

任 ㄖㄣˋ rèn

以「木杵」（，工）從事夯「土」（）工作的「人」（）。

「廷」本義為夯土的人，或從事建設的人，引申為職責、擔負，相關用詞如責任、擔任等。金文是「土」（）與「工」（）的合體。

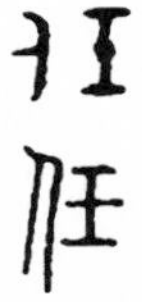

廷 ㄊㄧㄥˊ tíng

一個人（）遠行（，廴）至某處從事「土」（）的生產工作。

「廷」描繪古代「朝廷」派遣有才幹的人到各地教導人民從事土地生產工作。古人利用土地從事建設或生產的考古證據與歷史記載非常多，除了夯土建設之外，其他如石器時代的仰韶文化，就懂得利用黏土以製作陶器，而早在四千多年前，便出現稱為「后稷」的農官。后稷原本是周的始祖，他傳授人民各種農耕技術，舜封他為農官。中國以農立國，因此歷朝歷代，莫不設立農官，由君王召聚有才幹的人前來朝廷任職。以「廷」為聲符所衍生的字有庭、蜓、挺、艇、霆等。《說文》：「廷，朝中也。」

重 ㄓㄨㄥˋ zhòng

人（）以木擔架（，東）搬土（）。

動 ㄉㄨㄥˋ dòng

用「力」（）推，「重」（）物才能被移動。

極重的石頭擋在前面，推不動，卯盡全力，奮力一推，終於動了，這樣的情景似乎是古人常有的經驗，於是激發了造字者創造這個有趣的漢字。

鄰國人民

方 ㄈㄤ

fāng

邊境()上的人民()。

「方」是一個很常用的字，但是構字起源眾說紛紜，東漢許慎的《說文解字》認為「方」是兩艘併攏的船，但從甲骨文、金文等構形卻是怎麼看都不像；近代有學者認為「方」是挖土的耒插(圓鍬)，但也無法自圓其說；也有學者認為是一個人在挑扁擔；還有人認為方是畫方型的工具，卻無法解釋如何操作。自許慎以來，「方」困擾了不知多少的古今學者。

什麼是「方」？翻閱先秦史書，再對照甲骨文、金文及篆體，可以清楚發現，「方」指的就是「國境外的人民」，這樣的詮釋使得各種包含「方」的字及史書都變得合理。

殷商自認為中國(或稱中商、中邦)，因而稱邊境外的民族為「方」，如北邊的鬼方、土方，西邊的羌方，東邊的人方(又稱夷方)等。「方」的甲骨文、都是表示邊境上的人民。另外兩種「方」的篆體與，顯然是描繪四圍的邊框，表示國境四圍或四境的方國人民。商周時代，各國的國土講究「四方」，唯有四四方方的領土才算是完整的國土。《周禮》記載：「方千里曰王畿，其外方五百里曰侯服，又其外方五百里曰甸服，又其外方五百里曰男服……。」國土的中央是君王所居住的王城，是一塊占地一千平方公里的方正土地，而

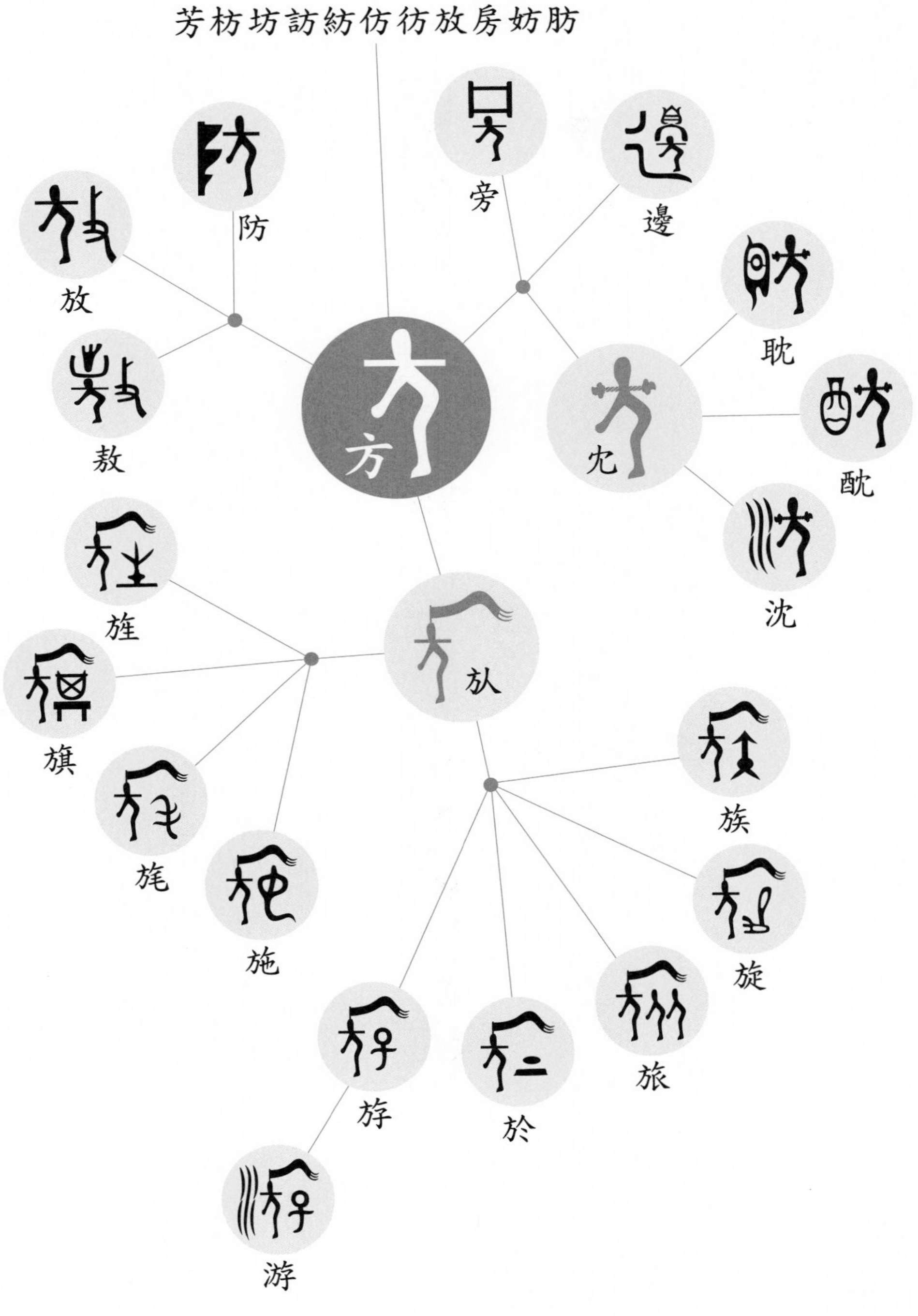
芳枋坊訪紡仿彷放房妨肪
方
防
放
敫
旁
邊
冘
耽
酖
沈
㫃
旌
旗
旄
施
族
旋
旅
於
斿
游

再往外一層層擴展的土地也都是四方形。

方的本義為國境外的一群人民，有幾個引申的意義：

㈠方向或方位：所謂的「東方」就是指位於「東邊的方國」，「西方」就是指位於「西邊的方國」，因此後人以東方、西方等代表方向或方位。

㈡某一邊：由於方國相當多，而且國名常有更變，當描述國與國之間所發生的事件時，為了簡化敘述，就簡化以代號來稱呼了，如敵方、友方、甲方、乙方等。

㈢四邊對稱的形狀：殷商人稱「四境鄰國所圍之地」為「四方」，相關用詞如正方、長方等。

邊境的鄰國

旁 ㄆㄤˊ páng

或ㄅㄤˋ，bàng。緊鄰中國「四圍邊境」（，凡）的「鄰國人」（，方）。

「旁」引申為相鄰、靠近，相關用詞如旁邊等。古字與「傍」同義，也就是相依靠的意思。旁所衍生的字有螃、徬、傍、膀、滂、磅等。

邊 ㄅㄧㄢ biān

「鄰國人」（，方）從邊「穴」（）「走」進（，辶）我國（，自）領土。

「邊」引申為緊鄰的外圍，相關用詞為邊緣、邊疆、床邊等。「邊」的簡體字為「边」，象徵鄰國的「方」不見了。

防 ㄈㄤˊ fáng

築「牆」（，阜）以阻擋「鄰國人」（，方）襲擊。

東周時期，各國諸侯為了互相防禦，紛紛在邊境上築起高大的城牆，後來，秦朝一統天下，為了抵禦北方匈奴侵略，或將城牆連結，或修築建造，終於完成了歷史上第一條長城。「防」引申為築堤、防禦，相關用詞如堤防、國防、關防、防守、防止等。

放 ㄈㄤˋ fàng

「手持鞭條」（，攴）將人趕到「鄰國」（）去，驅逐出境。

《史記》記載舜以仁德治天下，以「流放」代替死刑，《尚書．舜典》也記載：「流共工於幽州，放驩兜於崇山。」《說文》：「放，逐也。」

敖 ㄠˊ áo

「手持鞭條」（）到鄰國（）「出」（）遊。「敖」為「遨」的本字。以「敖」為聲符所衍生的字有熬、螯、獒、傲等。

這幾個字都是在描寫方國（鄰國）就是在中國的「旁邊」，這些字頗能表達古代中國與方國之間的關係。有些字不具有方的意義，而只是以方為聲符所衍生而出，如芳、枋、坊、訪、紡、仿、彷、房、妨、肪等。

另一個可以代表方國人的字是（尢），甲骨文表示被綑綁的方國人，與「方」通用，但後來改作「尢」，具有將人捆綁投入水中下沉的意義，衍生字有沈、酖及耽等。

金 

篆 

篆 

沈 ㄔㄣˊ chén

或ㄕㄣˇ，shěn。「將人捆綁」（，冘）投入「水」（）中也，與「沉」同義。

北魏的刑法規定，若有人施行巫術害人，將會被處以沉淵之刑，執法者將黑羊及狗綁在受刑人前後身軀，一齊丟入水中。（《魏書》：「巫蠱者，負羖抱犬沉諸淵。」）這種刑法似乎是引自戰國初期河伯娶親的故事。《史記》記載，西門豹治理鄴縣之前，鄴縣常遭水患，於是女巫藉機散播迷信，說是若能每年送女子給河神做妻子，將可免除水患。百姓身受此迷信所累，紛紛攜女逃離，造成田地荒蕪，百業蕭條。西門豹任縣令後，致力於各種改革，為了消除迷信，便將女巫一個個投入河中，此後，鄴縣就漸漸興旺起來。古代受「沉水之刑」的不乏其人，如趙簡子是春秋時代晉國的功臣，《說苑》記載一段趙簡子將諂媚的臣子欒激沉入河中的故事，大臣欒激為國君趙簡子蓋宮室臺榭、進良馬與女色，卻不曾晉用良臣謀士，趙簡子因感於欒激不斷增添自己罪過，於是將他沉入河中。又如吳王夫差將功臣伍子胥沉江，屈原沉淵自盡等。

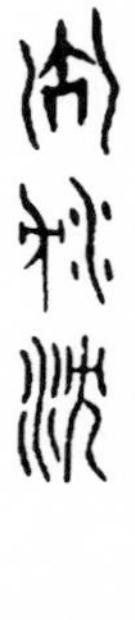

甲 金 篆

酖 ㄉㄢ dān

「沈」溺（）於酒（）。

耽 ㄉㄢ dān

耳（）大而下「沈」（）。

春秋時代頗負盛名的老子，姓李，名耳，生來大耳垂肩，所以別人稱他為「老耽」（或老聃）。《說文》：「耽，耳大垂也。」

方國的旗幟

「中國」一詞很早就出現於《尚書》與《詩經》。如《尚書‧梓材》：「皇天既付中國民，越厥疆土於先王。」意思是說皇天上帝將中國的土地與人民交給周的先王治理。又如《詩經‧大雅》：「惠此中國，以綏四方。」殷墟甲骨文也出現「中商」字眼，這是殷商的自稱。

中 ㄓㄨㄥ zhōng

四周有鄰國國旗圍繞的國家，位於中間的國家，也就是中國。

「中」的甲骨文及金文、，上下兩邊的幾支「旗幟」是代表周圍的「方國」，因為旗幟象徵國家與族群，每個鄰國都有代表性的旗幟，而旗幟所圍的中間土地就代表「中國」。

古人以牛尾綁在竿子上當作旗幟，所以甲骨文、、、、等都有這種牛尾旗的符號。後代的篆體及隸書為了書寫便利，將「牛尾大旗」拆成「方」與「人」兩構件，以「㫃」表示旗幟，唸做ㄧㄢˇ。這是因為後人認為「旗幟」就是「方國人」的標記，所以把「旗幟」拆成「方人」。

㫃 ㄧㄢˇ yǎn

飄動的旌旗。

每個古代國家或族群都有代表性的旗幟，旗幟上以統治者的族群姓氏、代表顏色或代表圖騰為標誌。在漢字裡，具有旗幟意涵的漢字都包含「㫃」的構件，如「旄」是一種牛尾旗，「旌」為羽毛旗，「旂」是繫有鈴鐺的旗幟，「旐」

是有龜蛇為圖騰的旗幟，「旗」為繡有龍虎圖騰的旗幟，「斿」為旌旗的飄帶等。

族 ㄗㄨˊ zú

飄蕩的國旗（　）下方，有弓箭（　，矢）手防衛。

先秦時代，看到飄揚的「旌旗」，表示那裡有「族群」居住，也表示那裡有保衛族群的「弓箭手」，警告外人不得隨意侵入。「族」引申為生活在一起的共同體，相關用詞如民族、宗族等。

甲 金 篆

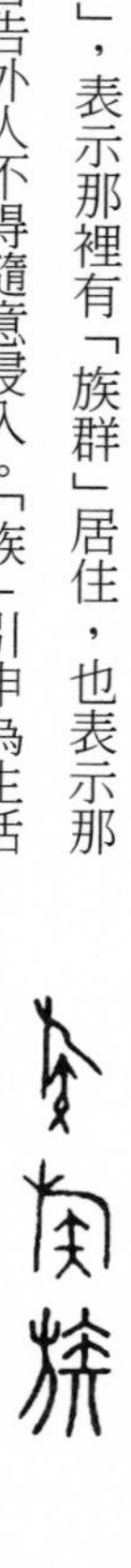

旅 ㄌㄩˇ lǚ

一大群人跟「從」（　）大旗（　）行走。

族群遷徙或軍隊出征時，就會看見一大群人，浩浩湯湯地跟隨著大旗行走。「旅」具有「一大群人」及「遠行」兩個主要意涵，古代五百個士兵稱為一「旅」，相關用詞如軍旅、旅行、旅館等。

甲 金 篆

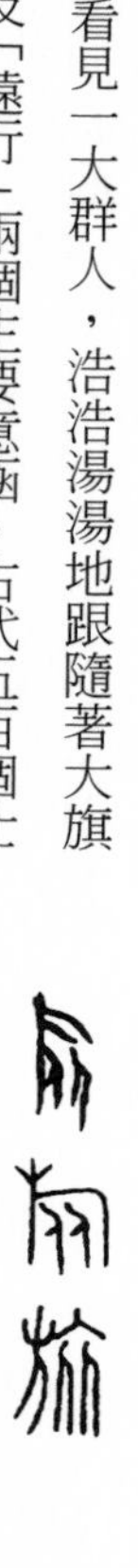

旋 ㄒㄩㄢˊ xuán

士兵的「腳」（　，疋）圍繞著「大旗」（　）進行整隊。

甲骨文　及金文　都是由一個腳掌（　，止）與一面「大旗」所組成，這是描寫軍隊行進的景象，軍隊行進須聽命於掌旗者的動作，旗幟可以指揮軍隊進行各種隊型變化，因此士兵的「腳步」必須緊緊跟隨著「旗幟」。篆體　則是將　變形為　（疋）。「旋」引申為轉動，相關用詞如旋轉、凱旋等。

甲 金 篆

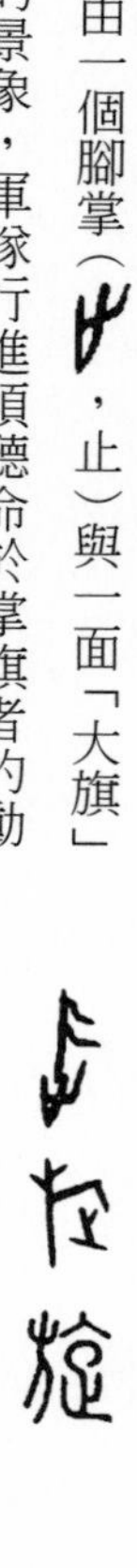

斿 ㄧㄡˊ yóu

「旌旗」（）邊上的「飄帶」（，子）。

甲骨文、金文、及篆體、都是由一支「大旗」及一個「孩子」所組成的會意字，表示「大旗」邊上飄盪的「穗帶」（「子」代表附加於大旗上的小飾物）。穗帶又稱為「旗斿子」。

游 ㄧㄡˊ yóu

在「水」（）中行進的姿態，好像旌旗上的「飄帶」（）。

「水中游泳」的姿態變化與在風中飄盪的「旌旗穗帶」很相近。「游」引申為在水中流動，相關用詞如游泳等。

旄 ㄇㄠˊ máo

有「毛」（）的「旗幟」（），牛尾旗。

西藏地區有「犛牛」，又稱「旄牛」，全身有長毛，《山海經》記載：「有獸焉，其狀如牛，而四節生毛，名曰旄牛」。《史記．夏本紀》記載，在大禹的時期，許多旄牛身上的毛及漂亮的雉雞羽毛從荊州用船運來當作貢品。古代人將旄牛身上的「毛」綁在「旗」桿上，稱為「旄」。史書記載牧野之戰，周武王手持白色「牛尾旗」指揮作戰。《史記》：「武王左杖黃鉞，右秉白旄，以麾。」

施 ㄕ shī

行進中的旌旗（），飄盪起來好像蛇（，也）在擺動；

君王所頒佈的命令，必須從京城一直傳達到各鄉鎮，於是傳令兵駕著車，車上的「旌旗」在行進時，飄盪起來好像「蛇在擺動」。由於旌旗所到之處，行政命令就隨之推動，因此，「施」就引申為事務的推動與進行，相關用詞如施工、實施、施予等。

於 ㄩˊ yú

將「大旗」（）插於某地之「上」（）。

古代戰勝的國家通常會將他們的「旗幟」插在戰敗國的領土之「上」，用以宣示對所攻佔的領土具有統治權。「於」引申為在、至，相關用詞如介於、關於等。（是「上」的古字）。

旌 ㄐㄧㄥ jīng

羽毛旗。「生」為聲符。

旗 ㄑㄧˊ qí

古代用布綢等製作的旗幟。「其」為聲符。

支撐家族的民族英雄

遠古傳說中的有名人物，都被後人冠上「氏」，而這些人也都是使族群壯大的一代領袖。如伏羲氏擅長於製作繩索，教導族人結網捕魚等田獵技能，使族群得以溫飽，因而建立了一個強大的氏族。由於長期吃生肉，引發許多疾病，嚴重威脅族群生存，燧人氏便教導族人鑽木取火。用火燒烤食物，既殺菌又美味，挽救了滅族危機。神農氏發明耒、耜等農耕器具，教導族人農耕技能，將族人從田獵生活帶進富庶的農耕生活。

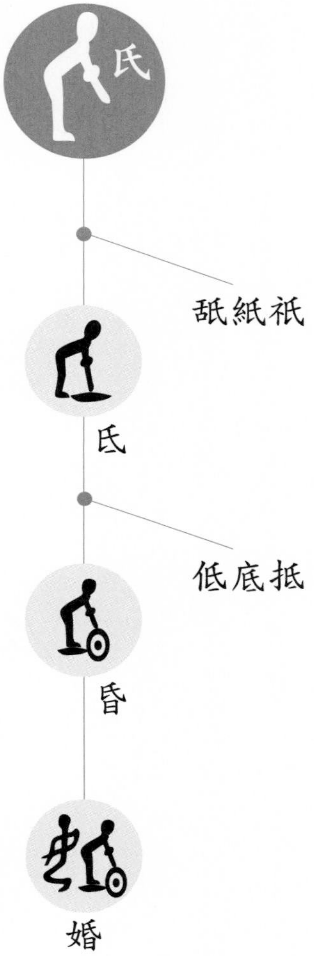

像這樣的部族英雄，應該用什麼樣的字來描寫他們的偉大呢？他們是支撐整個家族的人，維繫家族於不墜，於是據此造了「氏」。「氏」的甲骨文描寫一個「人」（）將掉落的「重物」及時牢牢抓住，表示一個能支撐住整個家族的壯漢。金文及篆體則代表手臂強壯的男「人」（）生出了「十」（、）代子孫。此構字概念與「民」非常一致（請參見「民」，第四章，208頁）。

「姓」與「氏」都是代表族群的稱號，兩者之間有什麼關係呢？「姓」的金文及篆體都是由「女」與「生」所構成的會意字，表示從女而生。莊子認為遠古的神農時期，婚姻制度尚未建立，有些孩子不知道父親是誰，但一定認識母親。為了標明不同的母系族群，於是產生了最早的「姓」。這類的姓，大多具有「女」字旁，如姬、姒、姜、姚等。《史記》的作者司馬遷認為從黃帝到舜、禹，都是同一個姓，也就是同一族群，只是後來為了顯揚各人的功績，故以氏來加以分別，像是黃帝被後人尊為有熊氏，堯為陶唐氏，舜為有虞氏，禹為夏后氏等。因此，在古代，「姓」是族群本源，而「氏」是支派。

氏 ㄉㄧ dī

或ㄉㄧˇ，dǐ。**強壯的「勇士」（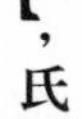，氏）抵達「目的地」（）。**

在古代，土地是賴以維生的根本，各族群相互爭地，捷足先登或能攻城掠地的勇士，就能得到重賞。金文描寫一個肌肉強壯的「勇士」（，氏）以手觸「地」（）。

「氏」具有兩個主要意涵：一個是抵達，勇士以手觸地表示到達目的地，依從此義的「氏」改做「抵」，抵達也；「氏」的另一個意涵是「低下」，勇士必須低身以碰觸地面，依從此義的

「氐」改成「低、底」。「氐」雖是不常用字，但卻衍生出許多常用字，以「氐」為義符所衍生的常用字有昏、低、底、抵、柢；以「氐」為聲符所衍生的字有牴、砥、詆、胝。《說文》：「氐，至也。從氏下箸一。一，地也。」《前漢．地理志》：「氐，又同低。」

昏 ㄏㄨㄣ hūn

日（）已經低沉（）。

「昏」是描寫太陽已沉到地平線了，引申為模糊不清，相關用詞如黃昏、昏花等。另外，「昏」也是「婚」的本字。

有趣的是，甲骨文的構形是一個「勇士」與「太陽」的合體字，令人想到《山海經》所記載的夸父追日。遠古時代，一個不自量力的巨人夸父追趕著太陽，愈追愈渴，最後在尋水的途中渴死，悲壯而愚蠢！曝曬在烈日下，就算是勇士也要頭「昏」眼花、「昏」頭轉向、「昏」倒而死。

婚 ㄏㄨㄣ hūn

「黃昏」（）時將「女人」（）娶進門。

古人認為男子屬陽，女人屬陰，而白天屬陽，夜晚屬陰，所以迎娶的女子必須在晚上進門。《說文》：「婚，婦家也，禮娶婦以昏時。婦人，陰也。」

人的軀體

身 ㄕㄣ

shēn

人（ ）腳盤以上的所有「身體器官」（ ）。

如何描寫一個人的完整軀體呢？一個包含所有器官的軀體是很難描述詳盡的，古人只好採用「會意」的手法，金文 、 及篆體 、 都是表示「人」（ 、 ）腳盤（ ）以上的所有「身體器官」（ 、 ）。 、 是肉（月）的古字，許多具有「身體器官」意義的字都包含此構件。「身」的本義為軀體，引申為自己、自稱等。以「身」為義符所衍生的會意字有躬、射、殷等，而形聲字有躲、軀、躺、躭等，這些字都與「身體」有關。

躬 ㄍㄨㄥ gōng

將「身」體（）彎曲如「弓」（）。

躬的本義是將身體彎曲，相關用詞如鞠躬、躬身等，引申為親身做工。在古字中，「躬」也寫成「躳」，躳（，ㄍㄨㄥ）表示脊椎骨（，呂）彎曲所呈現的身體（）。

窮 ㄑㄩㄥˊ qióng

「躬」身（）躲藏在狹小洞「穴」（）裡的人

「王寶釧苦守寒窯十八載」是膾炙人口的京劇，王寶釧在西安的「窯洞」裡過了十八年的「窮苦」生活。一九四七年的「延安之役」，蔣介石派兵追擊共產黨，一路追殺到共產黨的老家延安，節節敗退的毛澤東只好躲在延安一處窯洞裡。這時，胡宗南奉蔣介石之命清剿延安，沒想到胡宗南的機要秘書熊向暉洩密，使毛澤東得以逃脫。什麼樣的人會躬身躲藏在窯洞裡呢？一是因為貧窮，如王寶釧之類的可憐人，一是被仇家窮追不捨，如當年的毛澤東，因此，「窮」的引申義有兩個，一個是貧困窘迫，一個是追究到極點，相關用詞如窮苦、詞窮、無窮。「窮」的本字為「竆」，隸書改做「窮」。「窮」的簡體字為「穷」。

射 ㄕㄜˋ shè

端正「身體」（），穩固持弓箭的「手」（，寸），才能正中目標。

甲骨文表示箭搭在弓上；金文加了一隻拉弓的手，顯然手中的箭正蓄勢待發。然而，篆體產生了很大的改變，將「弓」改做「身」，篆體表示「射箭」是身體與手巧妙搭配的技能，端正「身體」（），穩固持弓箭的「手」（），才能正中目標。這個轉變並非訛變，而是受到周朝射箭禮儀所影響。

《禮記．射義》記載射箭要領：「內志正，外體直，然後持弓矢審固，持弓矢審固，然後可以言中，此可以觀德行矣。」周朝時，射箭術不但是天子選拔諸侯的依據，更是男子必學的技藝，為六藝之一，男子不但要擅長箭術、製作弓箭之外，更要遵守射箭禮儀。由此可知，漢字的造字過程會因著時代習俗而有所改變。

謝 ㄒㄧㄝˋ xiè

以「言」（）語「辭退」（，射）他人的贈禮。

周朝講求禮儀，賀客送禮，主人禮貌上會以言語辭退禮物，並表示感謝客人誠心誠意的祝賀，這樣的禮俗到今天仍然存在於現代的華人社會裡。因此，「謝」的本義為辭退，引申為感激，相關用詞如謝絕、辭謝、謝恩等。《說文》：「謝，辭去也。」

殷 ㄧㄣ yīn

盛大的祭祀舞蹈，舞者「手持紅色禮器」（，殳）且「身體」（）擺動。

「殷」是商朝的稱號，本義為盛大祭典。商朝的「大濩」，周朝的「大武」，都是極為壯觀的祭祀舞蹈。在祭典中，祭祀者使用各種紅色禮器，跳祭祀舞蹈來祭祀上帝。由於有關殷商「大濩」的舞蹈形式，典籍已喪失，我們只好以周朝「大武」來說明。

西周《禮記》記載在大規模祭典時，舞者身穿「紅衣」，手持紅色的「棍棒」（朱干）及玉製斧頭（玉戚），跳「大武」的舞曲。這段舞曲描寫的是周武王奉天之命討伐暴虐的商紂王，在一陣擊鼓聲後，舞者都手執「紅色棍棒」（象徵武器）上場，列隊唱出武王奉天命伐紂的誓詞，然後，鐘鐸齊鳴，舞者分隊進擊，一邊擺動身體，一邊刺擊，把敵人逼到角落。滅商之後，隊

金

篆

伍分成左右兩列，武王在中間，左列周公領隊，右列由召公領隊，象徵兩人協助武王統治天下。

金文及篆體表示「手持紅色棍棒」（，殳），「身體」（）擺動。「殳」本來是衝撞的兵器，形如棍杖，在此為祭祀舞蹈中的禮器。殷的本義為祭祀舞蹈，引申為富裕、盛大，此乃取其祭典盛大的意思，相關用詞如殷昌、殷實等。「殷」也是紅色的意思，此乃因祭祀者身穿紅衣，手持紅色禮器，相關用詞如殷紅。另外，「殷」也引申為深切，指取其祭祀上帝的熱切誠懇態度，相關用詞如殷勤、殷切等。《說文》：「殷，作樂之盛稱殷。」《易．豫卦》：「先王以作樂崇德，殷荐之上帝。」王弼注：「用此殷盛之樂荐祭上帝也。」《禮記．祭統》：「朱干玉戚以舞大武。」

有許多學者將「身」解釋成懷孕的人，並將「殷」解釋為在肚子上治病，但是這種解釋會產生幾個不一致的問題；一、古字的確像懷孕的人，但、、則又作何解釋呢？這些古字顯然與大肚子無關；二、如果「身」代表懷孕的人，那麼，「射」是否應連帶解釋為「懷孕婦女」在「射箭」？「躬」是否應連帶解釋為「懷孕婦女」在「彎腰」？這恐怕會造成流產的；三、考證古籍，「殷」的字義與盛大、祭祀有關，與治療大肚子完全無關；四、先秦典籍中，「身」幾乎都是表示身體而非懷孕，而且古字當中，已有孕、包、妊等字來描寫懷孕者，何必再以「身」來錦上添花？

彎著身體的人

勹（勹，ㄅㄠ）是一個彎著身體的人。古人處理秧苗、製作陶罐、醃製食物時，都要彎下腰來工作。當他們要捧起米糧或抱起某物體時，也要彎腰。「勹」引申為彎身、包覆等義。

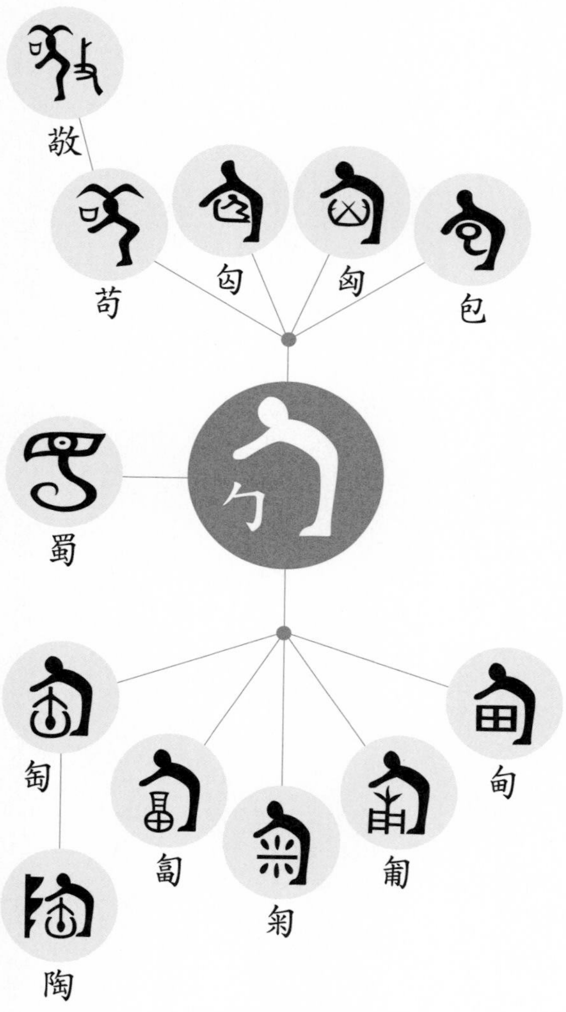

匍 ㄆㄨˊ

pú

「彎著身體」（，勹）處理「田裡的秧苗」（，甫）。引申為趴著身體，相關用詞如匍匐前進、匍匐莖。

金 

篆 

匐 ㄈㄨˊ

fú

「彎著身體」（）將待醃製的食物塞進「陶罐」裡（，畐）。「畐」的金文表示可裝食物的陶罐。

匋 ㄊㄠˊ

táo

「彎著身體」（）「製作陶罐」（，缶）。

「匋」為「陶」的本字。《說文》：「匋，瓦器也。」（缶）是以木杵槌擊一個凹臼，這是一個製作瓦罐的象形文。古人將陶土放進臼中，再以木杵槌擊陶土以製作出各種瓦器。因是之故，以「缶」為義符所衍生的字都與瓦器有關，如罐、罄等。

金 

篆 

匊 ㄐㄩ

jū

「彎身捧著」（）一把「米」（）。

衍生字「掬」代表「手」上「捧滿了米」（匊），所謂的「一掬」就是指兩手所捧的數量。

金 

篆 

鞠 ㄐㄩˊ jú

「彎身捧起」（）皮「革」（）製的球。

《史記》記載春秋時期的齊國臨淄流行「蹋鞠」，蹋鞠就是踢皮球，是全世界最早的「踢足球」紀錄。踢鞠原是市井小民的運動，到了漢朝，還一度在貴族之間流傳。西漢《鹽鐵論》記載：「窮巷蹋鞠。」街頭巷尾都可見到踢足球的活動。鞠的本義為「彎身」捧起皮「革」製的球。鞠的另外兩種篆體，（踘）、（躹）將「革」改成「足」或「身」，可見「鞠」是代表彎身踢足球。「鞠」引申義為彎著身體，相關用詞如鞠躬、鞠養等。《說文》：「鞠，蹋鞠也。」

甸 ㄉㄧㄢˋ diàn

被「包」（）圍起來的王「田」（）。

被包圍起來的王田有多大呢？《尚書》說：「五百里甸服。」也就是說離京城方圓五百里的地方，都屬於君王的田。這些王田都需要大量的甸農來耕種。

匈 ㄒㄩㄥ xiōng

凶（）惡的「人」（）。

古代中國人因為常遭受北方民族的侵犯，所以稱他們為「匈奴」。（凶）表示使人跌落或陷入的險惡地勢，引申為險惡。

苟 ㄍㄡˇ gǒu

「說話」（）隨便的「羌」族人（）。

古代以牧羊為生的羌族人，被中原人視為次等文化的人，進入中原時，不懂得禮節，說話隨便。引申為隨便、貪心、卑賤，相關用詞如

 金

 篆

苟且、苟求、苟活等。可惜，隸書將「羊角」改成「艹」，將「人、口」改成聲符「句」，以致於失去構字本意。

敬 ㄐㄧㄥˋ jìng

「手拿鞭條」（，攴）警戒「羌」族人（，羌）「說話」（）要謹慎。

金文、、及篆體、都是由羌、口、攴所組成。「敬」引申為端肅謹慎，相關用詞如恭敬、尊敬、敬奉等。

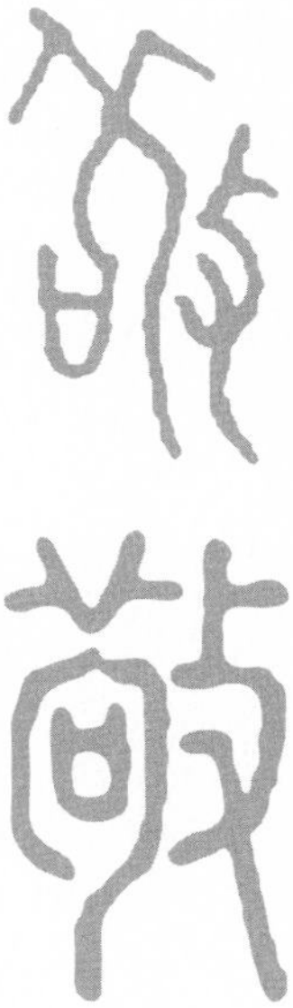

金

篆

蜀 ㄕㄨˇ shǔ

「彎著身體」的大「眼」（，目）毛毛蟲（，虫）。

蛇與蜀都是會蠕動的虫，兩者之差異處在於蜀只是一隻蛾蝶的幼蟲，人見了蜀會毛髮豎立，全身起雞皮疙瘩，故《韓非子》說：「人見蛇則驚駭，見蜀則毛起。」《詩・東山》也說：「蜎蜎者蜀。」

值得注意的是，有些「勹」並非代表人，如匀（）、旬（）、芻（），其中的「勹」都是代表手。此外，勺（）則是一支舀食物的勺子。

甲

金

篆

其他由「人」所衍生的字

企 ㄑㄧˋ

qì

「踮腳尖」（ㄓ，，止）引領企盼的「人」（）。

大明星出場的時候，擠在人群中的粉絲，個個踮著腳尖，想要一睹明星風采。因此，「企」引申為期盼，相關用詞如企望、企盼、企圖等。

《說文》：「企，舉踵也。」

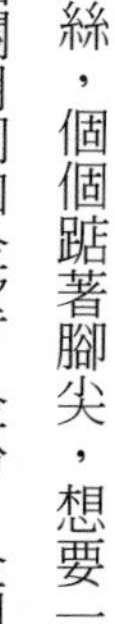

甲 篆

及 ㄐㄧˊ

jí

「人」（）被「手」（）抓住，表示人被追上了。

「及」的本義是追到了，引申為到達、趕上，相關用詞如及格、及時等。

甲 金 篆

急 ㄐㄧˊ

jí

被「追趕上」（，及）的「心」情（）。

古代人被仇敵或野獸追上，心裡一定會很焦「急」。因此，「急」引申為危險萬分、焦躁，相關用詞如緊急、急切等。人被逼急了，會如何呢？相傳大禹治水，三過家門而不入。有一次，他為了鑿穿軒轅山以洩洪，化作一隻黑熊，奮力挖掘隧道。正挖得起勁的時候，妻子涂山氏帶著午餐前來探望，不料竟然看到一隻黑熊，於是拔腿狂奔，化成黑熊的大禹看見妻子，一時興奮，忘記了變身回來，只是一股腦地追趕妻子，被追上的妻子，驚嚇過度，竟然化成石頭。

吸 ㄒㄧ

xī

將東西引到（，及）嘴巴（口）。

汲 ㄐㄧˊ

jí

將水（）引到（）容器裡。

后 ㄏㄡˋ

hòu

開口（口）向會眾發號令的人（）。

甲骨文描寫一個「伸出手的人」（）開口（口）大聲下令。上古時代稱君王為「后」，如夏朝君王自稱為夏后。但後世則稱天子之妻為「后」，如皇后，所以后也通「後」，表示在君之後。

君王可以親自號令，但有時候會將發號令的權限交給大臣，例如周武王死後，兒子成王繼位，沒多久，武庚叛變，成王於是任命周公領兵討伐叛軍，經過三年，終於平定叛亂。如何描寫代行君王身分的大臣呢？古人將「后」的字型進行左右翻轉，因而演變成為「司」。因此，「司」的甲骨文也是一個伸出雙手且開口大聲發布命令的人。

現代漢字	甲骨文	金文	篆體	構字意義
后				發號令的君王
司				發號令的大臣

司（）與后（）呈現左右對稱的構形，「后」的發號者站在左邊，而「司」在右邊，可見「司」是代行「后」的君王身分而向人民發號令的人。「司」除了代表高階的臣子之外，也有執掌的意思，相關用詞如司令、司儀等。以「司」為聲符所衍生的常用字有伺、飼、嗣、笥（ㄙ），以及詞、祠（ㄘ）。

鷹 一ㄥ yīng

「人」（）命令馴養在「屋棚下」（，厂）裡的大鳥（，隹）去抓小「鳥」（）。

鷹的金文（）構字概念與甲骨文（后）及（司）相同，（）表示人對鳥發命令，這是養鷹人對所馴養的獵鷹發出命令。古代的遼金遊牧民族訓練一種稱為「海東青」的獵鷹來追捕大雁，《後漢書》等古籍都有豢養「獵鷹」的記載，而由「鷹」的構形可知，中國豢養獵鷹的文化可以上溯至商周時期。

金 篆

戍 ㄕㄨˋ shù

人（）將「武器」（，戈）置於身旁，隨時防衛。

「戍」引申為防守邊境，相關用詞如戍守、戍衛等。

甲 金 篆

伐 ㄈㄚˊ fá

以武器（）砍他人（）頭頸。

引申為攻擊，相關用詞如攻伐、討伐等。「戍」與「伐」都是由「人」與「戈」兩個構件所組成，但是因為擺放位置不同就產生完全相反的意義，這是漢字一個很有趣的現象。

現代漢字	甲骨文	金文	篆體	構字意義
戍				防守
伐				攻擊

甲 金 篆

幾 ㄐㄧ jī

或ㄐㄧˇ，jǐ。「防守」（，戍）如「絲」線（）般微弱，即將被攻破也。

「幾」是描寫防守陣線快要被攻破的景況，因而引申為即將要、還要多久、微少，相關用詞如幾乎、幾許等。《說文》：「幾，微也、殆也。」《爾雅．釋詁》：「幾，危也。」

金 篆

年 ㄋㄧㄢˊ nián

一個人（）背著「禾」綑（），代表收割五穀回家儲藏的季節。

住在北方黃河流域的人，禾穀一年一熟，四季農耕生活，循著春耕、夏耘、秋收、冬藏的規律，「年」就是描寫冬天到了，趕快儲存穀物以度過嚴寒的冬季。相關用詞如年歲、年度等。

甲 金 篆

千 ㄑㄧㄢ qiān

十（）堆人（）。

許慎認為「千」代表「十」堆「人」，每一堆有一百人，所以一共有一千人。《說文》：「十百也，從十從人。」

甲 金 篆

介 ㄐㄧㄝˋ jiè

前胸後背各有一片「鎧甲」（）護身的「人」（）。

甲骨文（）是一個人穿著鎧甲的象形文，古代的「鎧甲」是前後各綴有許多金屬片或石片的戰衣。秦始皇時代所製作的兵馬俑，有相當多的鎧甲武士，武士前胸後背各有一大片石鎧甲。因為「人」在「鎧甲」之間，所以引申為處於兩者之間，相關用詞如介入、引介等。「介蟲」指的是有甲殼的昆蟲，「介冑武士」乃指鐵甲武士。

甲 篆

界 ㄐㄧㄝˋ jiè

「介」於（）兩「田」（）之間。

「界」的本義為田與田之間的分界線，引申為各種領域的分界線。

永 ㄩㄥˇ yǒng

一個人（）在川流不息的河水（）中游泳。

永，本義為游泳，後來改做「泳」。由於在人的左右側是川流不息的綿長河水，因此，「永」引申為延續不斷、久遠，相關用詞如永遠、永久、永生、永垂不朽等。

甲 金 篆

昶 ㄔㄤˇ chǎng

一個人在水中游泳（），而太陽（）在上空照射。

古代君王希望太陽能永遠不西沉，永遠白晝，這樣，國家建設就能持續進行而不中斷。因此，「永」又衍生出「昶」，以表達其「永日」的盼望。「昶」的本義為永遠白日或極長的白日，引申為工作順暢，相關用詞如昶夏、昶達、政事通昶等。

漾 ㄧㄤˋ yàng

或（羕）。羊（）在水（）中游泳（）。

「羕」是「漾」的本字。羊不會游泳，但羊在水面上，卻能漂浮而不下沉。因此，「漾」引申為漂蕩，相關用詞如蕩漾。

另外，永（）與𠂢（）兩個字，呈現左右對稱的構形，𠂢具有河水「分流」的意義，主要衍生字有「脈」及「派」兩字。

脈 ㄇㄞˋ mài

或脉。在「肉」（）體內不斷「分流」（）而出之物，血液系統也。

相關用詞如血脈、脈搏、山脈等。

派 ㄆㄞˋ pài

「分流」（）而出的河「水」（），河水支流也。

引申為具有相同立場、思想、信念的小團體，相關用詞如宗派、學派、分派等。

金

篆

從 ㄘㄨㄥˊ

cóng

跟隨。兩人一前一後（ ），在路上（ ，彳）行走（ ，止）。

相關用詞如隨從、遵從等。「從」的簡體字為「从」。

金 篆

眾 ㄓㄨㄥˋ

zhòng

看見（ ）許多人（ ）。

殷商時期的平民也稱為「眾」或「眾人」。「眾」的簡體字為「众」。

甲 金 篆

坐 ㄗㄨㄛˋ

zuò

兩人（ ）準備坐地（ ，土）休息。

古人席地而坐，因此坐下時，膝蓋先著地，臀部再放在腳跟上。古時候稱「跪」為「坐」，直到現在日本人仍保有這個習慣。

長 ㄓㄤˇ

zhǎng

或ㄔㄤˊ，cháng。頭髮長（ㄓㄤˇ）長（ㄔㄤˊ）的人。

甲骨文 表示一個人（ ）頭上有長長的頭髮。「長」有兩個意涵，一個是漸漸增高增大，相關用詞如生長、增長等；另一個意涵是兩端距離很大，相關用詞如「長度」、「長壽」等。「長」的簡體字為「长」。

甲 金 篆

髟 ㄅㄧㄠ

biāo

長長的（ ）毛髮（ ，彡）。

「彡」代表毛髮或像毛髮的飾紋。以「髟」為義符所衍生的形聲字有髮、鬍、鬚、鬢、髯、髭、髦、髻、鬆、鬣、鬃等，這些漢字都與長髮或長毛有關，如髮是生在頭上的長毛，鬍是嘴巴周圍的毛髮，鬚是下巴的毛髮，髯是兩頰上的毛髮，鬢是耳邊的毛髮，髭是脣上的短鬚，髻是盤在頭上的髮結，鬆是散亂的頭髮，髦是頭上最長的毛髮，鬣是動物頸項上的毛髮，鬃是動物頸背或背脊上的毛髮。

張 ㄓㄤ zhāng

使「弓」（ ）不斷「長」（ ）大，意即拉開弓弦。

肆 ㄙˋ sì

手持「長」（ ）「筆」（ ，聿）。

因為手持長筆寫字，需要施展力氣，所以引申為盡力伸展；但又因為長筆難以控制，所以引申為隨興揮灑或任意而為。相關用詞如放肆、肆意等。

此外，「套」（ ）代表又大（ ）又長（ ）之物，引申為可將他物完全遮罩，相關用詞如圈套、劍套、套牢、套服等。

休 ㄒㄧㄡ xiū

「人」（ ）來到「樹」（ ）蔭下。

「休」引申為歇息、暫停工作，相關用詞如休息、休兵、休閒等。

伏 ㄈㄨˊ fú

人（）像狗（，犬）一樣趴下來。

引申為朝下趴著、接受懲罰，相關用詞如埋伏、伏法等。

金　篆

亟 ㄐㄧˊ jí

一個趕緊撐住天的巨人。

女媧補天是膾炙人口的中國古老神話故事，故事裡描寫天是由幾根大柱子所支撐，有一天，共工與祝融爭鬥，共工輸了，一氣之下撞倒了不周山上的一根天柱，天的一邊突然塌下來了，結果，天穿地漏，傾盆大雨從天而降，連下數十天，完全不見太陽的蹤影，「昔」的甲骨文表示「太陽」被氾濫的「洪水」覆蓋，這是造字者對「從前」的描寫。這場毀滅性的大洪水，幸虧女媧趕忙撐住擎天之柱，並煉製五色石以補天，挽救了最後少數倖存的人，為了紀念女媧的功勞，客家人至今仍保有紀念「天穿日」的民俗節日，每逢此日，都會拿紅線將煎餅繫在屋頂上以象徵補天，還會準備祭品來祭拜女媧，巧的是每逢此日大多會下春雨。東晉王嘉的《拾遺記》：「江東謂正月二十日為天穿日，用紅縷繫餅置屋上，謂之補天穿。」無獨有偶，古希臘神話裡，也有一位擎天之神，名叫亞特拉斯（Atlas），他因反抗天神宙斯失敗，被罰用頭和手頂住天的西側。「亟」的甲骨文是一個「頂天立地」的巨人，金文添加了喊叫的「口」及補天的「手」，生動的描寫補天的危急狀況，因此，「亟」引申出急迫的意涵，相關用詞如亟欲、亟盼，另外，後人也添加「木」以衍生出「極」（），表示撐天（）之木（），撐住天與地兩個極端的「擎天柱」，所以「極」引申為頂端或盡頭，相關用詞如極限、北極等。

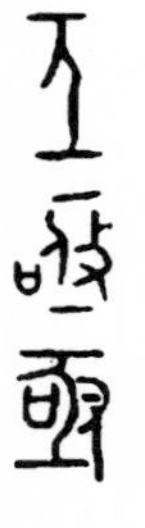

甲　金　篆

仁 ㄖㄣˊ rén

彼此相親相愛的「兩」（）「人」（）。

孔子的學說以「仁」為中心，孔子常常講「仁」，但弟子樊遲對「仁」這個抽象概念卻極為困惑，有一天，他忍不住，終於鼓起勇氣問說：「夫子啊！仁到底是什麼呢？」，沒想到，孔子只回答說：「愛人。」孔子認為一位「仁者」，行為處事都以愛為出發點。首先要懂得愛家人，他說孝順父母及友愛兄弟是實踐仁的第一步，若能做到「自己想成功之前，先幫助別人成功」就算是很好了，不過，若將「仁」推到極致，連把王位禪讓給他人的堯舜都還有所不及，孔子自己也認為做不到，只是極力追求罷了。孔子也提醒弟子：「花言巧語的人，很少有仁愛心的，而剛毅木訥的人反倒是比較有愛心。」可見，仁的實踐比說更重要。孔子所說的「仁」與耶穌所傳的「愛」，兩者幾乎一致，耶穌甚至說：「要愛你的仇敵！」

件 ㄐㄧㄢˋ jiàn

人（）將牛（）分解，一人得一份。

「件」引申為事物的分配單位，相關用詞如一件、零件等。

代 ㄉㄞˋ dài

獵「人」（）更換「弋」箭（）。

弋（）是射取野雁的象形文。「代」主要有兩個引申義，一個是替換，因為當野雁從棲息地一隻隻起飛之後，獵人必須快速將弋箭搭上弓弦射出去，「代」就是描寫弋箭一支接一支更替上弦的景象，相關用詞如替代、代理、代表等。「代」另一個引申意涵是更迭的時間，相關用詞如朝代、世代、年代等。

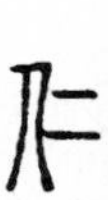
篆

第三章

大

文
黃
大
天
立
屰
辛
天

艱難歎漢
勤
堇
赴赳超趁趕
趣趨起趙越
奔
走
橋僑驕
嬌轎矯
喬
沃
位
拉
譜
普
泣
餅屏帡拼
姘胼駢跰
産
並
諺
顏
彥
笑
達
黃
夭
立
昱
奄
太
誇跨胯垮
夸
彣
文
斐
虔
紋蚊雯玟紊汶
大
美
夷
因
恩
赤
赧
赫
赦
嚇
交
跤郊姣
蛟佼佼
皎餃狡
絞鮫較
校咬
亢
抗伉炕骯
航杭坑吭
屰
逆
斥
朔
欮
厥蹶獗
蕨闕

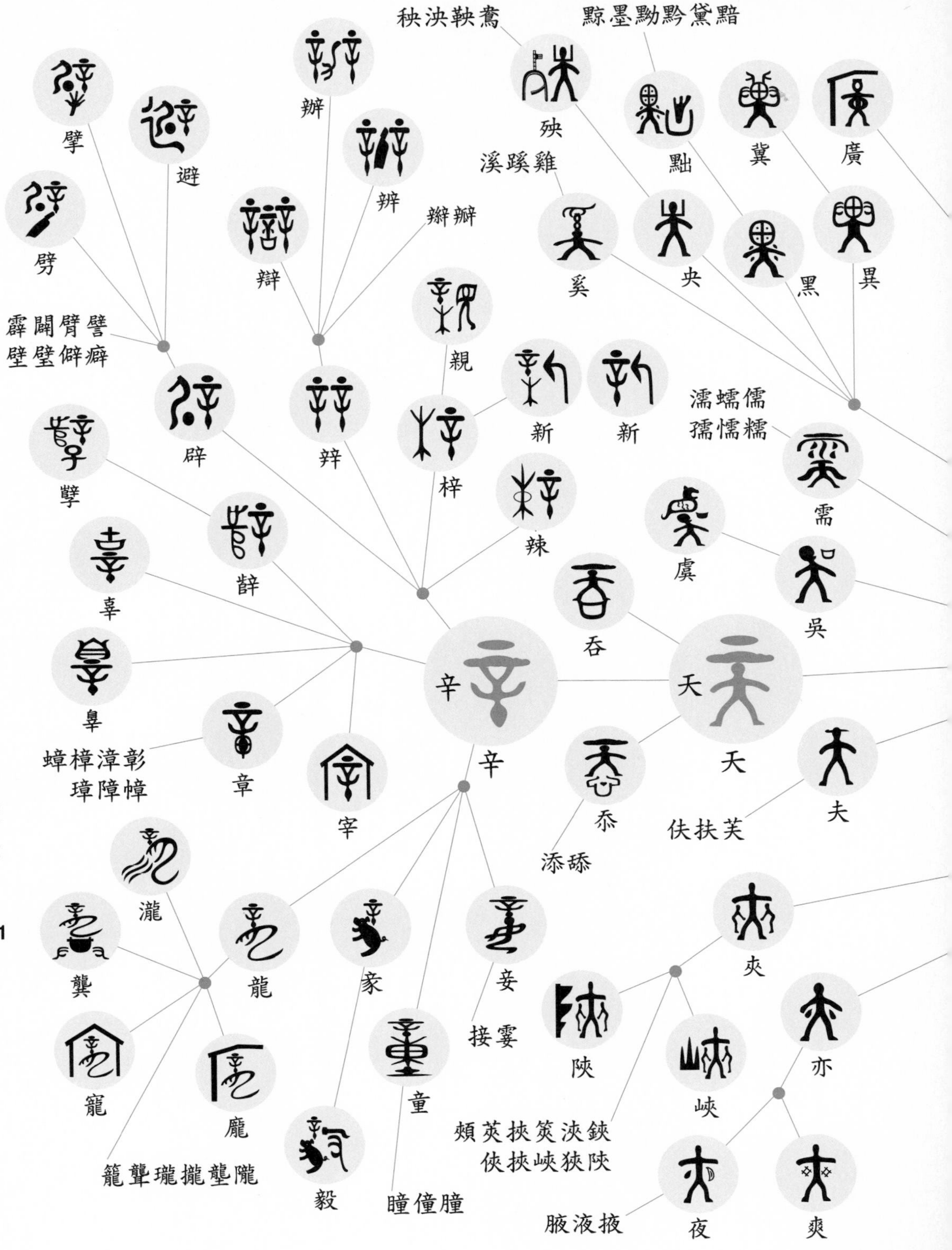
秧泱鞅鴦
黥墨黝黔黛黯
辦
擘
避
辨
殃
點
冀
廣
溪蹊雞
劈
辯
辮
辮瓣
奚
央
黑
異
親
霹闢臂譬
壁璧僻癖
辟
辡
新
新
濡蠕儒
孺懦糯
孽
梓
辣
需
辥
虞
吳
吞
辛
皋
天
天
辛
嶂樟漳彰
璋障幛
章
宰
忝
夫
伕扶芙
添舔
瀧
夾
龔
龍
豕
妾
陝
亦
接霎
寵
龐
童
峽
頰莢挾筴浹鋏
俠挾峽狹陝
毅
夜
爽
籠聾瓏攏壟隴
瞳僮朣
腋液掖

遠古的先民將「人」的側面畫像描寫成，而將「人」的正面畫像描寫成。後來，演化為「人」，演化成「大」。「大」的甲骨文、金文及篆體，都是一個張開雙手及雙腳的人，象徵著一個長大成熟的人。在甲骨文及金文當中，包含這個構件的字相當多，都是代表「人」或「成人」。

由衍生出許多有趣且饒富意義的重要漢字，如等。讀者不妨在欣賞這些古字優雅的構形之餘，猜猜看代表什麼字。

以「大」為義符所衍生的字當中，立、辛、屰、夭、文、黃等六個字又可再衍生出相當多的字，可算是漢字的基礎構件，所以第一至第六節會分別介紹這六字的衍生字，其餘衍生字則放在第七節。

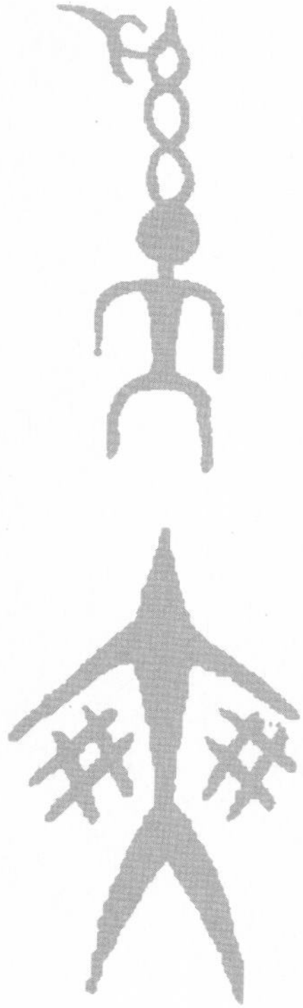

「立」的衍生字

立 ㄌㄧˋ lì

雙腳站在地上的人。

甲骨文及金文都是一個站在地上的人。篆體則省略胸腹部，並特別拉長兩隻腳以加強站立的意涵。「立」的相關用詞如站立、創立等。以立為義符所衍生的常用字有並、位、拉、泣等字，而以立為聲符所衍生的字有粒、笠、涖、蒞、翊等字。

甲 金 篆

並 ㄅㄧㄥˋ bìng

兩個肩並肩站「立」的人（）。

「並」引申為兩個物體一起呈現或兩件事情同時發生，相關用詞如並立、並存、並且等。以並為聲符所衍生的形聲字有餅、屏、瓶、摒、拼等。「並」與并、竝、併三字通用，互為異體字。

金 篆

普 ㄆㄨˇ pǔ

兩人「並」立（）看著「太陽」（）漸漸西沉。

陽光普照，既照好人，也照歹人。並立的兩個人，同時迎接太陽升起，感受太陽的照耀，到了黃昏，又同時感受陽光的消失。相關用詞

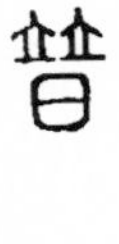

篆

如普照、普遍等。《說文》：「普，日無色也。」徐鍇曰：「日無光則遠近皆同。」

位 ㄨㄟˋ wèi

人（ ）所站立（ ）的地方。

古代官員在朝廷所站的位置是依職位高低排列，愈接近皇帝的官，地位愈崇高，愈遠離皇帝的，地位愈卑微，因此，由人所站立之處就可判斷其職位的高低以及所擔任的職務。「位」的相關用詞有位置、方位、職位等。

拉 ㄌㄚ lā

以手（ ）去拉一個人使他站立（ ）起來。

在古代，大都採用跪坐，跪久了就不易爬起來，需要有人拉他一把。《禮記》就記載：「養衰老，授几杖。」這是體諒老年人跪坐不便，因此朝廷就給老年人椅子（或凳子）與拐杖。另外，當我們盛情邀請別人時，也會伸出手來拉他。因此，「拉」引申為牽引、招攬，相關用詞如拉拔、拉攏、拉扯等。

泣 ㄑㄧˋ qì

站著流淚（ ）的人（ ）。

昱 ㄩˋ yù

人站（ ）在太陽（ ）下。

引申為明亮。

篆

篆

篆

篆

「天」與「辛」的衍生字

天（）是個順天而行的人，而辛（）卻是一個「逆天而行」的罪犯。要認識「辛」的構字本意，就必須先瞭解商周人對天、上帝的認知。漢字在成形的過程中，把許多當代文化隱含在其中，以致於我們能從殘存的典籍及甲骨文來考證什麼是「上帝」？什麼是「天」？什麼是「神」？進而認識逆天而行的罪犯——「辛」。

皇天上帝

天 ㄊㄧㄢ tiān

在人（）之「上」（）。

「天」的甲骨文、，金文、，篆體都描繪出人（）頭頂上有一大片東西。天的另一個構字系統，甲骨文及金文表示在人（）之「上」（）。因此，對古人而言，「天」除了指天空之外，還有另一層特殊意義，就是在人之上的上天或上帝。

殷商時代稱至高至上的神為「上帝」，或簡稱為「帝」。在周朝的青銅銘文，上帝又稱為

甲 金 篆

「皇天上帝」，有時簡稱為「天」。古人對天懷著極大的敬意，認為天是至高無上的主宰，能管理地上的萬物，也藉這個字提醒人是在天之下。天的相關用詞如天空、天氣等。

古代君王自稱為「天子」，表示他是天帝之子。但是，什麼是「帝」呢？北京有一座天壇，壇中央有一塊匾額寫著「皇天上帝」四個字。周朝的經典裡常常提到上帝，像是《尚書》提到上帝達三十二次，《詩經》有二十四次，《禮記》有十九次，然而，《史記》雖有四十五次提到上帝，但更多地方卻是以「天」來代表「上帝」，如「夫天者，人之始也；父母者，人之本也。」意思是，天是人的起源，父母是人的根本。《禮記》也說：「萬物本乎天，人本乎祖，此所以配上帝也。」天是萬物的起源，祖先是人的本源，所以古人祭祀上帝的同時也尊奉祖先。因此，我們不妨就來看看「上」與「帝」這兩個字是怎麼來的。

上 ㄕㄤˋ shàng

一物（）在另一物（）的上方。

「上」的甲骨文、金文及篆體，都表示一物（以短橫線表示）在另一物（以圓弧或長橫線表示）之上。同樣地，「下」的甲骨文、金文及篆體表示一物（以短橫線表示）在另一物（以圓弧或長橫線表示）之下。但是，這種表示法容易與「二」混淆，於是後人加了一條指向天的垂直線，及指向地的垂直線，因而演變成另一個篆體上及下。「二」的甲骨文、金文及篆體，都是以等長的兩橫畫來表示兩件東西，這和上（）、下（）一長一短的構形是有差異的。

帝 ㄉㄧˋ dì

人燔柴（ ）祭天（ ）的對象，皇天上帝。

根據《禮記》記載，天子在巡視四方時，都會在所到之地「燔柴祭天」，稱為「柴祭」或「郊祭」。首先由祭祀者精挑沒有殘疾的牛羊豬等犧牲，獻給上帝以表誠意。獻祭時，將宰殺好的牛羊犧牲掛在木材上焚燒，使焚燒的煙氣達於上天，所以又稱為「煙祭」。

「帝」的古字演化過程依序為 、 、 。甲骨文 是將三根木柴綁成一束，甲骨文 及金文 則是在木柴上添加一橫或兩橫以描寫上天，表示向天獻燔祭。古人以一橫或兩橫來代表「天」，這種構字概念也出現在「天」、「辛」等字，如 、 都是「天」的古字，而 與 都是「辛」的古字。

《禮記．大傳》：「牧之野，武王之大事也，既事而退，柴於上帝。」（牧野一戰是武王一生中的大事，戰役結束之後，武王便向上帝獻上燔祭。）《禮記注疏》：「燔柴於泰壇，祭天也，……，積薪於壇上而取玉及牲，置柴上燔之，使氣達於天也。」（在高大的祭壇上，獻上燔祭來祭天……，要將木柴堆積在壇上，然後將犧牲及玉放在柴上，一起焚燒，使煙氣上達天庭。）《晉書》記載晉武帝的祭天頌詞：「赫赫上帝，既高既崇……率土敬職，萬方來祭。」（顯赫的上帝啊！祢是如此的崇高，……，我率領地上萬族以恭敬的心來向祢獻祭。）

以兩頭結紮的繩子來表達綑綁的概念，除了帝（ ）之外，也出現在帚、束、沈等字。帚（ ）是用來打掃的一捆植物；束（ ）是一梱有尖刺的植物，也就是荊棘；沈（ ）則是一個被捆綁的人被投入水中，這是古代沈水之刑。

甲骨文學者王國維與郭沫若都認為「帝」的甲骨文是花蒂之形，因此推論「帝」是花蒂之蒂，隱含著孕育萬物的能力。但是從古字形演變來看，似乎難以看出花蒂之型。

甲 甲 金

天上的至高神

示ㄕˋ

shì

住在極高（丨）之處的天「上」（二）神，至高神也。

如何描寫所謂的「至高者」、「上帝」、「神」這些沒有形體的抽象名詞？古人認為「神」居住在「至高之處」，在天之上，於是甲骨文以丅、（示）來描寫至高者，其中的「垂直線」代表極其高聳，「橫線」代表「天」。

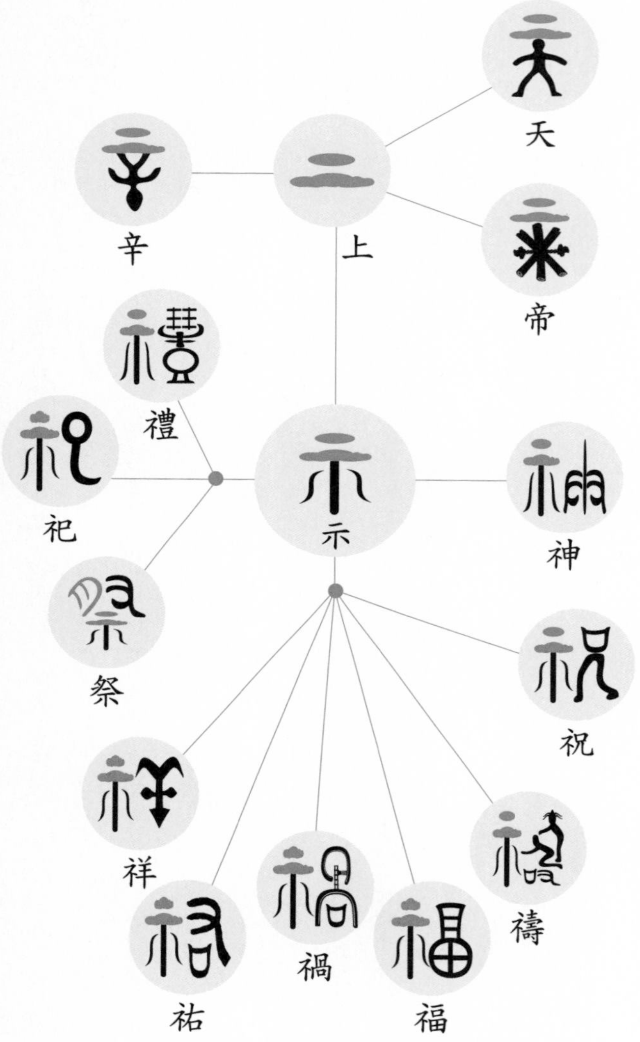

古人相信，神會從天上降下福禍，所以篆體添加一個表示分散的符號（八），於是成了、，表示一位能分賜福禍的天上神。以垂直向上的線條（）代表極高概念的甲骨文，除了（示）以外，還有（昜）、、（陽）、（京）等。甲骨文（昜）表示太陽（）上升至極高之處（），是「陽」的本字，而金文、（陽）表示太陽（）沿著「山坡」（，阜）攀升到極高之處（）。甲骨文（京）代表垂直高聳（）的高樓（，高），君王所居住的高樓。

史書記載，堯舜等上古君王為了體察上帝的啟示，都非常關心上帝所顯露的各種異象，還任命專門觀測日月星辰變化的大臣，一方面定吉凶及決策準則，一方面藉以定時辰。示的本義是至高神，因此，含有構件「示」的字都與「至高神」有關，如神、祈、禱、祝、福、祭、祀等，後來將「示」添加「申」，改作「神」。「示」引申為顯露以使人知道，相關用詞如顯示、默示、啟示等。天、帝、神三者都具有「上」（）的構件，都是由「上」所衍生而出的，因此，天、帝、示、神的構字本意都是在描寫在萬物之上的至高者。另外，「示」所衍生的字都與神有關，可見，「示」的本義就是「神」。

逆天而行的人

辛 ㄒㄧㄣ

xīn

「逆」（，屰）「天」（）而行的人，罪犯也。

《孟子》說：「順天者存，逆天者亡。」《史記》記載古代堯舜等先王時常查驗自己是否順天而行，舜常常叮囑自己所揀選的二十二位輔佐大

臣：要小心謹慎啊！要時刻盡忠於上天交付給你們的事業啊。夏朝與商朝之所以滅亡，是因為國君夏桀與商紂逆天而行，因此商湯在討伐夏桀的誓言說：「有夏多罪，天命殛之，……予畏上帝，不敢不正，……夏德若茲，今朕必往。」（夏朝有罪，我懼怕上帝的威嚴，不敢不去攻打他，如今夏桀罪惡多端，上天命令我滅絕他。）周武王號召諸侯以舉兵攻打商紂王時的誓詞也說：「今商王受，弗敬上天，……皇天震怒，命我文考，肅將天威，……，今予發惟恭行天之罰。」（商紂逆天而行，自己斷絕天命，……現在我姬發只有恭謹地執行上帝的懲罰。）武王建立周朝後也說他要追討所有不順天命的惡人，貶責他們。《左傳》也記載：「違天者必有大咎！」孔子甚至說：「大罪有五，而殺人為下。逆天地者罪及五世。」（大罪有五種，殺人罪是最輕的一種。如果犯了違逆天地的罪，是要牽連到五代人的。）因此，商周人的思想裡，逆天而行的人，是一個該受責罰的罪犯，而「辛」這個字就是描寫這樣的人。

「辛」的古字有兩種構字系統。第一種構字系統，甲骨文、及金文、都是在描寫在「天」之下，有一個「倒立的人」。最上面的一橫或兩橫劃都是代表「天」，因此，「辛」表示一個行為不軌的人或不按天理行事的人，也就是罪犯。從「天」和「辛」的對照就可看出，「辛」是由「天」衍生而來的。

現代漢字	甲骨文	金文	示意圖	構字意義
天				在天之下，有一個站立的人
辛				在天之下，有一個倒立的人

「辛」的第二種構字系統。金文是一種在罪犯或奴隸身上烙印的刑具，一旦被烙印，罪犯的身分就永遠洗脫不清，可以參見「章」的金文（153頁）。包含「辛」的字大都表示罪犯、戰犯，但因為古代戰犯、罪犯都淪為奴隸，所以也可表示奴隸。

這兩種構字系統雖然出自於兩個不同的造字思維，但所要表達的都是「罪犯」，秦始皇統一文字之後，一律改做。我們可以分別從六個層面來看「辛」的衍生字，從這些衍生字不難想像商周時代罪犯所處的景況。

郭沫若認為「辛」是黥刑的刑具，左安民在《細說漢字》認為「辛」是一把平頭剷刀。基本上，刑刀之說已經成為主流，但無論是就構形、典籍考證、衍生字的詮釋一致性來看，「辛」乃是逆天而行之人，從以上所有辛的衍生字可以得到證明。在先秦典籍中，「辛」是不具有刀的意涵，而且平頭剷刀要在罪犯臉上施以黥刑（刻字）是困難的，如果「辛」一定要作刑具來解，反倒是烙印的刑具還比較說得過去吧？

有罪的人

辠 ㄗㄨㄟˋ zuì

坦承「自」己（）是「罪人」（，辛），這是認罪的人。

自古以來，審案最後都會要求犯人在罪狀上親自畫押以承認自己的過犯。金文及篆體表示罪犯坦承自己（）是罪人（）。

秦始皇將「辠」廢除，因為他忌諱（辠）與（皇）的構形相近，於是另造一個新字（罪）來替代。

金

篆

罪 ㄗㄨㄟˋ zuì

人犯了「非」（）法之事，於是陷入「網羅」裡（，网，網）。

其中，「非」（）是背對背的兩個翅膀，具有兩相違背的意思。另一個與「罪」同義的字是（辜），如犯人常宣稱：「我是無辜的！」

辥 ㄒㄩㄝ xuē

或辥。「追」（）捕「罪犯」（，辛）。

（薛）是一種草，也是古國名或姓氏。

孽 ㄋㄧㄝˋ niè

或孽。被「追」（）捕的「罪犯」（，辛）之子（）。

「孽」引申為妾所生的兒子，地位低賤，如孤臣孽子。所謂的「作孽」也就是危害或作惡的意思。

被烙印的罪犯

殷商時期便有「炮烙之刑」，而烙印、墨刑（在罪犯臉上刺字）等算是較輕微的克膚之刑，目的是在奴隸或罪犯身上留下記號，以昭告其罪犯及奴隸身分並防止逃亡。烙印是在人或動物身上留下記號，古代貴族飼養大批馬、牛及羊等家畜，通常會在動物身上烙印主人的名號以宣示其歸屬權，這種作法也用在奴隸或罪犯身上，從印、章這兩字便可窺知。烙印打在「奴隸」身上稱為「印」（），而打在「罪犯」（）身上則稱為「章」（）。

商周時期，刑法主要是用在奴隸身上，而貴族則是以禮制約，如果犯罪的話可以免除刑法，這便是《禮記・曲禮》所稱的「禮不下庶人，刑不上大夫。」從「印」、「章」的構形也可以看出商周的刑法是為奴隸或罪犯所設計的。

章 ㄓㄤ zhāng

在罪犯（，辛）身上烙印（）。

「章」的古字有兩種構字系統，第一種構字系統，金文（）及篆體表示在一個罪犯（、）身上烙印；第二種構字系統，金文表示以一種刑具（）在罪犯身上烙上一個圓印。

章的本意是彰顯（罪犯身分），《尚書・堯典》：「平章百姓。」（彰顯於百官。）依從此義的「章」，後人轉作「彰」。「章」引申為印記、法律條規、成篇的文字，相關用詞如印章、規章、章程、文章等。

另一個篆體則是訛變之後的結果，然而，東漢許慎卻據此把視為音（）與十（）的組合。他認為「十」代表結束，因此，「章」就是一首「音」樂的「結束」。《說文》：「樂竟為一章，從音，從十。十，數之終也。」然而，許慎的解釋顯然無法說明古字「章」所具有「彰顯」與「蓋印」的意涵，也無法找出「章」從甲骨文到篆體之間的合理演化關係。

「章」的本義是在罪犯或奴隸身上烙印，後來竟然演變為「印章」，成為官方文書往來的重要工具，無論是聖旨、公文或信件，都需要蓋上印章才具有公信力。印章文化對於漢字發展的影響甚大，不僅使漢字字體不斷朝向愈來愈方正的路線進行演化，甚至造就了印刷術，因為將印章蓋在紙張上的操作與雕版印刷的作業，基本的原理是一樣的，因此印章的普遍應用應該對後代的印刷術帶來相當直接的經驗啟發。

金

篆

《尚書》記載皋陶對夏禹說：「天討有罪，五刑五用哉。」（上天用墨、劓、剕、宮、大辟五種刑罰來懲治罪人。）皋陶是中國第一位刑官，他制定了五種刑罰以懲處逆天而行之人，後來此刑法制度廣泛施行於夏、商、周。在五種刑罰當中，「辟」刑是最重的刑罰。

辟 ㄅㄧˋ bì

或ㄆㄧˋ，pì。罪犯（，辛）的頭（●）被砍落地，只剩下一具橫躺的屍體（，尸）。

甲骨文及金文是由辛、尸及口所構成的會意字，表示一個罪犯（）的頭（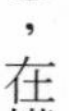，在構字中，「口」也常用以代表物件）被砍落地，只剩下一具橫躺的屍體（，尸）。古代所謂的「辟刑」就是「死刑」，而有權處死人民者為君王，所以辟也引申為君王的意涵，如「復辟」就是重登王位的意思。

殺頭之刑，人人「避」之。執行死刑的時候，最驚心動魄的殘忍畫面就是判官的大手一揮，劊子手便舉起利斧朝罪犯的脖子「劈」下。這三個字將這幅情景描繪了下來。

劈 ㄆㄧ pī

用「刀」（）將「罪犯砍頭」（）。

引申為以刀或斧剖開物體，相關用詞如劈開、劈頭等。

避 ㄅㄧˋ

bì

「走」離（，⻌）被「砍頭」（）的惡運。

引申為逃離各種災禍，相關用詞如躲避、避免等。在古文中，避、闢等字常寫成「辟」。

擘 ㄅㄛˋ

bò

判官用「手」（）指揮「辟」（）刑。

「擘」描寫的是一個有權決定罪犯命運的人，他的「手」一揮，劊子手的刀子就落在死刑犯的頭上，犯人的頭與身體立時分開。因此，「擘」有兩種引申意涵，一個是有權勢的人，如尊稱一個極有權柄的人為「巨擘」，另一個是「分開」，例如用手將餅分開可以說「擘餅」，相關用詞還有擘開、擘畫等。

宰 ㄗㄞˇ

zǎi

罪犯（，辛）被關在屋裡（）受刑。

甲骨文、金文及篆體都表示一個罪犯被關在屋裡，另一個金文像是一個罪犯被拖進屋內受刑。「宰」引申為任人處置，相關用詞如宰割、屠宰。另外，牢房的主人對於罪犯有「主宰權」，所以「宰」也引申出「控制」的意涵，相關用詞如宰相。

許慎認為「宰」表示罪犯在屋裡「辦」事：《說文》：「宰，辠人在屋下執事者。」後世也有不少學者據此延伸出「罪犯變成了宰相」的說法。然而，從絕大多數的字源考證可以發現，古人造字都是以當代普遍存在的現象來構字，通常不會以偏概全，以極為罕見的特例來構字。

甲 金 篆

讓嫌犯彼此對質

當一件犯罪事實發生之後，官差就會把一干嫌疑犯都帶到官府裡。審理的時候，嫌疑犯彼此對質或辯論，判官則在其間仔細分辨，何人有罪，何人無罪。我們透過辡（ㄅㄧㄢˋ）所衍生的字便可將這些場景復原。

辡 ㄅㄧㄢˋ biàn

兩個嫌疑犯（辛，辛）互相控告。

《說文》：「辡，罪人相訟。」後來因為兩造之間可以產生的行為不只有訴訟而已，所以「辡」又衍生出許多相關的字，如辯、辨、辦等，而辡也因此被這些字所取代了。

篆

辦 ㄅㄢˋ bàn

運用權「力」（力）將「一干嫌犯」（辡）送去法辦。

「辦」本義是執法者透過權力或武力將罪犯抓去審判，後來被引申為處理各種事物，相關用詞如辦公、辦理等。「辦」的簡體字為「办」。

篆

辨 ㄅㄧㄢˋ biàn

在「兩嫌犯」（辡）間「判別」（刂，刀，劃分的工具）何者有罪。

篆體辨描寫判官在兩個嫌犯之間判別誰才是有罪的。「辨」引申為將事物分別清楚，相關用詞如辨別、辨認等。

篆

另外，辮（ㄅㄧㄢˋ）及瓣（ㄅㄢˋ）則是以「辡」為聲符所衍生的形聲字。「辮」為一條由絲繩（糸）

交織成的帶子，相關用詞如髮辮。「瓣」是「瓜」果類的切片，又被引申為組成花朵的「花瓣」。

辯 ㄅㄧㄢˋ biàn

「兩個嫌犯」（[glyph]）間的「言」詞（[glyph]）爭論。

辯的本義是兩個嫌犯之間的言詞爭論，後來被引申為兩人之間的爭論，相關用詞如辯論、辯護等。

當罪犯的滋味

「辛」的本義為罪犯，引申為難忍的苦辣味，因為這正是罪犯受刑的滋味，相關用詞如辛苦、辛酸、辛辣等。

辣 ㄌㄚˋ là

一「朿」（[glyph]）有「辛」（[glyph]）味的東西。

相關用詞如辣椒、辛辣等。「辛味」就是指當罪犯或奴隸的滋味，苦熱交雜的強烈味道。

梓 ㄗˇ zǐ

帶有「辛」味（[glyph]，辛）的樹（[glyph]）。

梓樹的樹皮可作中藥，樹汁可做黑色染料，果實可食。樹葉雖然可以吃，但是滋味差，帶有苦辣味。由於梓樹生長快速，易於燃燒，適合作為燒火做飯的柴薪，所以民間流傳：「家有三棵梓樹，一年柴火不用愁。」因此，古人喜歡在庭園中種梓樹，所以「梓鄉」或「桑梓」都是「家鄉」的別稱。

篆

篆

篆

新 ㄒㄧㄣ xīn

以新「斧頭」（，斤）砍罪犯（，辛）。

新 ㄒㄧㄣ xīn

以新「斧頭」（，斤）砍辛（，辛）木（）。

「新」的甲骨文及金文表示以剛磨好的鋒利「斧頭」（，斤）砍罪犯（、辛），到了周朝的篆體，文字做了變革，將「辛」改成「辛木」，大概是施行禮樂教化的周公覺得太過殘忍之故吧。辛木（或梓樹）是家家戶戶種來供應柴薪的良木，新買來的斧頭，鋒利無比，趕快拿來砍柴試一試吧！「新」引申為第一次、剛開始，如新鮮、新婚等。

親 ㄑㄧㄣ qīn

見（）到辛（，辛）木（），就想到家鄉的親人。

同樣地，「親」在造字之初，是用「辛」，而不是「亲」。金文（）表示臨刑的罪犯（）想要「見」（）到的人。

年輕罪犯與奴僕

少年犯罪被處以勞動服務，是現行許多國家所採行的方式。例如中國大陸的「少年犯管教所」就是勞動改造機關之一，而臺灣的少年事件處理法也有將交付保護管束的少年犯施以勞動

服務的相關規定。「童」與「妾」就是這種須服勞役的年輕罪犯。古時候的罪犯或戰犯常被當成奴僕，而奴僕的兒女仍繼續當奴僕。「孥」的字源意義就是將「奴」隸之「子」也貶為奴隸，由於這種做法很不人道，因此，《孟子．梁惠王》才提及文王時期所實施的「罪人不孥」的人道思想。「童」可能指的就是奴僕的年幼兒子，是必須服勞役的。

童 ㄊㄨㄥˊ tóng

搬運「重」（）物的年輕罪犯（，辛）或奴僕。

金文表示站立的人（）提重物（，重），篆體則是由辛與重所組成的會意字，表示罪犯或奴僕（省略下半部）搬運重物（省略上半部）。《說文》：「男有辠曰奴，奴曰童，女曰妾。」（男人罪犯，被貶為奴隸，從事勞動，稱之為童，而女人犯罪，則稱之為妾。）春秋戰國之後，奴隸制度漸漸瓦解，漸漸以僕人替代奴隸的稱呼，「童」因此改為對孩童的稱呼，而年輕男僕則被改成「僮」。

金 篆

重 ㄓㄨㄥˋ zhòng

人（）以木擔架（）抬土（）。

古代的「土木建築」，需要搬運大量的土，這種粗重的工作，需要強壯的男人。（東）是搬運重物的工具，具有搬運重物概念的古字「重」、「量」、「動」、「曹」、「陳」等都含有這個構件。

金 篆

妾 ㄑㄧㄝˋ qiè

年輕的「女」（）「罪犯」（，辛）。

戰國時代，奴隸社會開始瓦解，取而代之的是因犯罪服勞役的奴隸，女人因犯罪而變成的奴隸，《秦律》稱為「隸妾」，須為官府服苦役。後

甲 金 篆

來，「妾」又變成「小老婆」的代名詞，雖不再有奴隸的意涵，但是身分仍然卑賤。

逆天之龍與發狂的豬

孟子說：「當堯之時，水逆行，氾濫於中國。蛇龍居之，民無所定……，禹掘地而注之海，驅蛇龍而放之菹。」遠古時代，河水經常氾濫，沖毀農田屋舍，造成許多人流離失所。對於這樣的天然災害，古人認為是蛇龍作怪的結果，直到大禹鑿開龍門，將河水疏通，蛇龍驅逐回沼澤地，水患才結束。長江三峽有一處龍脊石，又稱龍潛石，當水位低時，宛若一條白龍在水中，枯水期時，這條龍脊石就會裸露出來，許多遊客趁機登上龍脊石，宴遊賦詩。龍脊石名稱的由來，相傳是一條龍違犯天條，四處興風作浪，造成洪水氾濫，最後被大禹斬殺，沉入河中，化為石頭。

禹 ㄩˇ yǔ

「伸長手臂」（，九）去抓「大蛇龍」（，虫）的人。

「禹」的金文代表持「叉」（）對抗大「蛇」（）的人。先秦典籍將大禹描寫成對抗蛇龍的英雄，而古人所繪之大禹圖像都是手持一支大叉。另一個金文及篆體則是描寫伸長手臂去抓大蛇的人，此構形與三星堆文化的青銅立人（大禹像）極為一致。其中，「虫」是蛇的本字，「虫」的甲骨文、金文及篆體都是描寫一條會攻擊人的蛇。請參見「虫」。

四川三星堆文化保留了夏朝的文明，其中的青銅立人像，雙手各圈成一個大圓圈，表示伸

金 篆

手抓大蛇龍。此人的耳朵各有一個大耳洞，這是大禹的獨有特徵。《蜀王本紀》及《三國志・蜀志》都記載大禹出生於四川石紐，即晉朝時的汶山郡或現今的四川茂汶羌族自治縣。《論衡》記載舜眼睛有重瞳，大禹耳朵有漏孔。青銅立人像的耳朵也有漏孔，且青銅器中也有一具眼睛有重瞳的面具（即重疊的兩瞳仁，不知典故者稱之為縱目），此兩人應是大禹及讓位給大禹的舜帝。此外，青銅太陽輪正好是夏朝太陽曆五季十月的遺物，其他如人面鳥身、陽鳥等遺物都是大禹時期的特有文化。凡此種種巧合，都足以證明這是以太陽為國名的夏朝及殺蛇龍治洪水的大禹所遺留的文明。由許多先秦典籍，都可發現蛇與龍其實是一體的，楚戈先生《龍史》說：「史前時代的龍都是無足的。」漢朝劉邦殺死一條白蛇，便宣稱自己殺死了一條白龍。《墨子・貴義》也提到：「黃帝殺黑龍於北方，……，殺青龍於東方，……，殺赤龍於南方，……，殺白龍於西方。」由此可見，古代的龍，其實就是一條大蟒蛇。

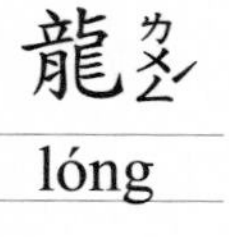

龍 ㄌㄨㄥˊ lóng

「逆天」（，辛）的「大蛇」（）。

在中國傳統文化中，「龍」本是天帝的僕役，掌管雨水，然而，總是有龍違犯天命，造成洪水肆虐，因此，產生許多斬殺惡龍的英雄，此類傳說如女媧殺黑龍、周處除蛟龍、李靖父子伏孽龍、魏徵斬殺東海龍王等等。

「龍」的甲骨文 是一隻有巨嘴蛇身的生物，另一個甲骨文 及金文 、、，除了保留原有的大嘴及蛇身之外，在頭上還加了「辛」（、），儼然是代表一條逆天之龍，篆體 、，除了調整筆順之外，也在龍身添加了背棘。

金

甲 金 篆

目前出土的龍文物依序有紅山文化玉龍、殷商玉龍、戰國玉龍、漢石磚畫像及帛畫中的龍，就考古觀點來看龍造型的演變，從起初的龍首龍身，然後不斷添加龍爪、龍冠、龍鬚與龍紋，以至於形成騰雲駕霧的龍。荀子說：「積水成淵，蛟龍生焉；」「川淵枯，則魚龍去之。」可見龍是依水而生，但後人將龍不斷美化、神化，能呼風喚雨，在水中成蛟龍或海龍王，在天空中成為天龍，古人畫龍，沒有翅膀卻能騰雲駕霧地飛行，是非常浪漫唯美而充滿幻想的形象！

若從古文字來探討龍的構字本義，恐怕會對龍感到失望，但從遠古時代，到處洪水氾濫的歷史來看，造出逆天之龍，不也是合情合理嗎？總之，古人對龍的情懷是矛盾的，乾旱時，希望雨龍快快降臨，洪水時，期望逆龍速速離去。

養龍的人

龐 ㄆㄤˊ páng

在屋棚下（厂，广）抓到的巨龍（）。

寵 ㄔㄨㄥˇ chǒng

在屋內（）養龍（）。

「龐」的甲骨文是由（龍）、（雙手）及（广，屋棚）三個構件所組成，表示在庭外屋棚所抓到的巨龍，篆體將抓龍的雙手去除而成為。「寵」的甲骨文、金文與篆體表示在屋內（）養龍

甲

篆

金

甲

（　、　）。「龐」與「寵」的構字典故從先秦典籍《左傳》與《史記》就可以窺知。

《左傳》及《史記》都記載一段養龍的故事，大意是說，夏朝君王孔甲在位時，有兩條龍，一雌一雄，出現在殿外的廣場，朝臣發現後，建議孔甲豢養這兩條龍，可是，沒有人知道龍的飲食與習性，怎麼辦呢？孔甲就派人尋找懂得養龍的人，終於找到一位曾經向「豢龍氏」學過養龍的劉累，於是劉累命人扛著巨龍回家，將龍放進巨大的養龍池精心調養。不幸的是，學藝不精的劉累雖然悉心照料一陣子，其中一條雌龍竟然還是死了。狡猾的劉累一方面為了滅跡，一方面又想討好國君孔甲，就把死去的龍醃製後烹飪成美食獻給孔甲，不知情的孔甲吃了讚不絕口，封劉累為「御龍氏」。不知不覺吃完一條龍的孔甲，忍不住還想再吃，命人召喚劉累，劉累警覺事蹟遲早要敗露，於是連夜逃亡到河南魯縣。

《左傳》更詳細記載，在舜之時，飂叔安的後代董父，非常喜歡龍，知道龍的習性，常常拿龍喜歡吃的食物餵養牠們，因此，龍都聚集到他那裡去，他還能驅使龍來服事舜，於是舜封他為「豢龍氏」，賜姓「董」，自此以後，董氏接連許多代也都以養龍為業，而夏朝孔甲時代的劉累就是從董氏後代學得養龍之術。

金　篆

龔 ㄍㄨㄥ gōng

雙手捧著一鍋（　，共）龍（　）肉獻給尊長。

「龔」的金文　及篆體　、　代表雙手抓龍，另一種篆體　、　將雙手改成「共」。「共」的金文　及篆體　）代表兩手舉鍋共食（請對照庶、席等古字）。「龔」彷彿是劉累雙手端著一鍋龍肉獻給國王孔甲。龔引申為供奉、恭敬等，是「供」與「恭」的古字。《玉篇》：「龔，奉也。亦作供。又愨也。與恭同。」

金　篆

瀧 ㄌㄨㄥˊ lóng

龍（）吐「水」（）。

漢字中，最能表達「龍吐水」莫過於「瀧」。「瀧」的甲骨文  是一條「龍」張口吐「水」的象形文，引申為下大雨或湍急的河流。《集韻》：「瀧，奔湍也。」

甲

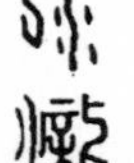

篆

發狂的豬

自古以來，發狂的野豬到處咬人之事件，從未間斷，即便是今天，野豬傷人事件還是時有所聞。

豙 ㄧˋ yì

逆天而行（，辛）的豬（，豕），發狂的野豬。

篆

毅 ㄧˋ yì

手持棍棒（，殳）不斷擊打發狂的野豬（，豙）。

引申為果斷堅決、勇敢，相關用詞如堅毅、毅力等。

篆

上天鑒察人心

「天」所衍生的常用字有辛、忝、吞、昊，其中最重要的是辛，其次為忝、吞。「吞」是「口」大如「天」的會意字，那麼「忝」呢？

忝 ㄊㄧㄢˇ tiǎn

上「天」（天）能鑒察人「心」（心）中惡念，所以人要有良知以自我譴責。

「忝」隱藏教化意義，用意在警戒世人，若是暗中行惡，不要以為無人知曉可以逃避刑罰。孟子體會上天能鑒察人的一切惡念，並給予人一顆羞恥心，所以孟子說：「羞惡之心，人皆有之。」因此，人要有良知以自我譴責，而良知也就是羞恥之心。

東漢名人楊震就任太守的時候（西元一〇八年），縣令王密得知楊震到來，晚上悄悄攜帶黃金十斤去拜訪，意圖賄絡。楊震當場質問他：「難道你不知道我的為人嗎？」王密回答說：「夜幕低垂，沒人會知道的。」楊震馬上回以：「天知、神知、我知、你知，何謂無知？」這一席話使得王密羞愧地離去。楊氏後人為了紀念楊震並以此為戒，於是在各地建造了「四知堂」。

「忝」引申為恥辱的意思，相關用詞如「忝辱」、「忝不知恥」等。以忝為聲符所衍生的常用字有添、舔等。

「屰」的衍生字

屰 ㄋㄧˋ

nì

倒過來的人。甲骨文及金文是一個倒著的人，其構形與「大」（）剛好相反。篆體則是調整筆順後的結果。「屰」是「逆」的本字，引申為朝著相反方向而行。

甲 金 篆

逆 ㄋㄧˋ

nì

反向（，屰）**行走**（，辵）。「逆」引申為朝相反方向行進，如「逆流」就是河水朝相反方向流動，「逆轉」就是朝相反方向轉動等。「逆」的相關用詞如「違逆」、「逆境」等。

甲 金 篆

欮 ㄐㄩㄝˊ

jué

因吐氣（）（請參見「欠」，第二章，96頁）**不順，所以朝相反方向回嗆**（，屰），**氣逆不順也。**

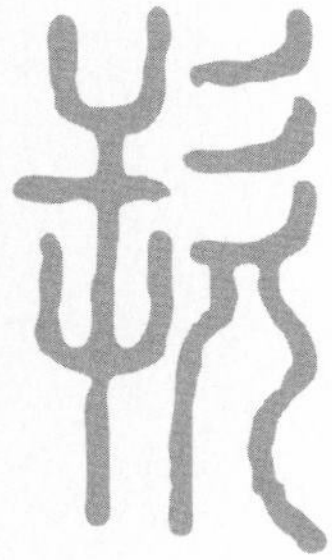
篆

瘚 ㄐㄩㄝˊ jué

因氣逆（，欮）而臥病在床（，疒），氣喘病也。

朔 ㄕㄨㄛˋ shuò

滿「月」（）的相反（，屰）稱為朔。月亮由缺轉圓，又由圓轉缺也。

斥 ㄔˋ chì

反方向走（）到室外廣場（，广），被趕出家門也。

篆體是一幅被趕出家門的圖畫，家裡有人訓斥他、排斥他，把他推出家門外，從此他不屬於這個家的一分子。相關用詞如排斥、斥退、斥責、相斥等。

「广」（）是正屋前的屋棚或屋簷，是一個半開放式空間，除了用以表示廂房、庭院、廣場外，還可以用來表示公家機關或公共使用之場所，如庫的金文是古代儲藏戰車與兵器的屋棚；府（）是古代收藏或管理政府財貨之地；「廳」是官署中聽事問案之處，廁（）是幾戶人家共用的戶外廁所或豬圈，「廠」是共用的工作棚舍。

篆

篆

篆

「夭」的衍生字

夭 一ㄠ

yāo

奔跑之人。

甲骨文及金文是一個邁開腳步且雙手前後擺動的人。篆體為了方便書寫，於是將其變形為頭部偏斜的人。

「夭」當作漢字構件時，通常具有「奔跑」或「搖擺」之義，如走、奔等具有奔跑的意涵，笑、喬及沃則具有身體搖擺的意思。然而，當「夭」單獨成字時則表示早死的人，大概是由篆體頭頸傾折的構形所產生的引申義，相關用詞如「夭折」、「夭壽」等。

甲 金 篆

奔跑的人

走 ㄗㄡˇ

zǒu

用「腳」（，止）「奔跑」（，夭）。

「走」的引申義為步行、奔逃等，相關用詞如「走路」、「走味」等。由古字的構形及其字義可清楚看出「走」是由「夭」所衍生的。可惜，後來的隸書將「走」的上構件「夭」訛變為「土」，使得「走」頓失原味。以「走」為義符所衍生的

金 篆

常用字有赴、赳、超、趁、趕、趟、趣、趨、起、趙、越等，因此這些字的意義都與「走路」有關，其中，「赳」是走起路來很雄壯威武的樣子；「赴」是前往的意思；「趣」同「趨」，是向前急走的意思；「超」與「越」意謂快速走到某人或物之前；而「趕」是快速跟上去；「趁」是把握機會走過去。

奔 ㄅㄣ bēn

在草原（）上「快跑的人」（），也就是快跑。

相關用詞如「狂奔」、「奔走」。

金
篆

搖擺的人

笑 ㄒㄧㄠˋ xiào

笑得東倒西歪的人（），宛如風吹竹子（，竹）所呈現彎曲搖擺狀。

有趣的是，竹子被吹彎時，還會發出「喀喀喀」的聲音，就跟笑聲很像。李陽冰如此解釋：「竹得風，其體夭屈如人之笑。」（竹子被風吹之後，身體搖擺彎曲，像人在大笑。）笑的相關用詞如狂笑、竊笑、嘲笑等。

篆

喬 ㄑㄧㄠˊ qiáo

長得「高」大（）但走起路來搖搖擺擺的人（，夭）。

「喬」引申義為高大之物，如喬木、喬梓都是高大的植物。以「喬」為聲符所衍生的常用字有橋、僑、驕、嬌、轎、矯等。

金
篆

臺灣民間常見七爺八爺遊行，這個習俗據傳是紀念唐朝謝必安與范無救兩人為友捨命的高貴情操，由於七爺謝必安長得高高瘦瘦，像根竹竿，所以喬裝成七爺的人必須踩著高蹺，七爺走在人群中顯得鶴立雞群，走起路來搖搖擺擺，的確像是「喬」的寫照。「喬」也引申出「裝扮」的意思，相關用詞如「喬裝」、「喬扮」等。「喬」的簡體字為「乔」，是由草書演化而來，構形像是踩高蹺的人。

沃 ㄨㄛˋ wò

因提「水」（）而走起路來搖搖擺擺的人（，夭）。

沃的本義是澆水灌溉，引申義為土壤肥沃，大概是古人看到常常澆水的地方，植物長得較茂盛的緣故吧，相關用詞如肥沃等。《說文》：「沃，溉灌也。」「夭」除了具有奔跑的意義之外，也有「逃脫」的意義，代表性的字是「幸」。「幸」的構字起源多變而難解，許多包含構件「幸」的字都與「拘捕」罪犯有關，但令人費解的是，「幸」本身也意味著幸運、幸福。為何會出現這種矛盾的現象呢？讀者若能細細品味從「幸」所衍生的字，就能發現其中隱藏的奧秘。

逃脫厄運人

「幸」的本義是「手銬」，引申為逃脫厄運。遠古時代，官差手持木製手銬或腳鐐拘捕奴隸或罪犯。一旦被這些刑具銬住，就注定要過著悲慘的人生，但也有少數的幸運兒能擺脫手銬，擺脫厄運。

篆

幸 ㄒㄧㄥˋ xìng

擒拿罪犯的「手銬」。

幸 ㄒㄧㄥˋ xìng

奔逃（，夭）回去（，屰）的人，逃脫也。

「幸」的甲骨文及金文是一種木製「手銬」，將罪犯的兩手腕分別放進中間的兩圓孔，再以繩子綁牢。後來，大概是因為不斷有罪犯逃脫的事件，因此，「幸」產生了一百八十度的大改變，篆體演變為由夭（）與屰（）所組成的會意字，表示往反方向逃脫回去的人。於是，「幸」轉變成運氣好或免除厄運的意涵，相關用詞如幸運、慶幸、幸虧等。

「幸」衍生出那些字呢？我們可以從以下兩個方面來看待。

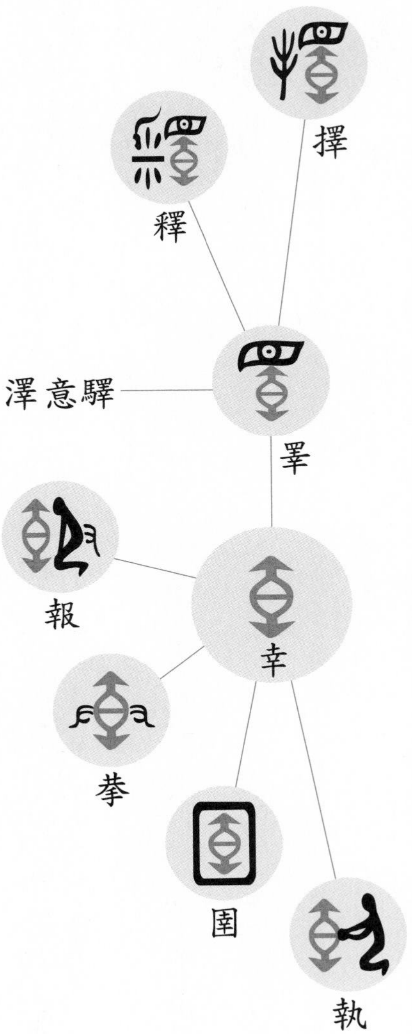

報 ㄅㄠˋ bào

通知官差，讓「通緝犯」（，卩）被抓（，又）去服刑（，幸）（請參見「卩」，第二章，60頁）。

金 篆

執 ㄓˊ zhí

拘捕（，幸）犯人（）。

甲骨文表示將一個人的雙手以木製手銬銬住；金文及篆體將伸出雙手的犯人逐漸轉變為「丮」（ㄐㄧˇ，金文為，篆體為），後來的隸書則將「丮」訛變為「丸」。執，本義為拘捕罪犯，引申義為抓拿、掌管、實施，相關用詞如執筆、執掌、執行等。「執」的簡體字為「执」，將木製手銬「幸」轉變為「扌」。

甲 金 篆

拲 ㄍㄨㄥˇ gǒng

將兩手（）銬牢（）。「拲」是商周時代的木製手銬。篆體改作形聲字，「共」為聲符。

金 篆

圉 ㄩˇ yǔ

手銬（）銬住罪犯然後放進監獄（）裡。

甲骨文表示以手銬銬住罪犯（）然後放進監獄（）裡；另一個甲骨文、金文及篆體則將罪犯省略，只剩下木製手

甲 金 篆

銬及監獄。「圉」原本是拘禁犯人的地方，後人也引申為圈養馬匹之處，因此稱養馬人為「圉人」。

盤查可疑嫌犯

古代拘捕犯人時，有時會請畫師描畫罪犯的相貌特徵，以供官差搜捕罪犯。

睪 ㄧˋ yì

或ㄍㄠ，gāo。拿著「手銬」（）四「顧」（，目）搜尋罪犯。

「睪」本義是搜捕罪犯，《說文》：「睪，伺視也，令吏將目捕罪人也。」後人將從此義之「睪」轉作「擇」，睪則轉作男性生殖器官，睪（ㄍㄠ）丸。以睪為聲符所衍生的字有譯、驛、繹等。

擇 ㄗㄜˊ zé

拿著「手銬」（）四「顧」搜尋（）以捉拿（，手）嫌疑犯。

「擇」本義為挑選可疑的嫌犯，引申為挑選，相關用詞如選擇等。「擇」的簡體字為「择」。

釋 ㄕˋ shì

「搜捕嫌疑犯」（，睪）時，「分辨」（，釆）清楚後再予以釋放。

「釋」本義為分辨嫌疑犯，但因盤查無可疑之處後即予釋放，所以引申為「解放」，相關用詞如釋放、釋出、釋義等。（釆，ㄅㄧㄢˋ）代表挑去米（）中的雜質，引申為分辨。

篆

篆

篆

「文」的衍生字

文 ㄨㄣˊ wén

在人的胸前或背後（）刺青（×），文（紋）身也。

「文」是「紋」的古字，甲骨文、金文、、、、等都表示在人（）的身上刺上×、、、、、等符號。篆體、則是將符號簡化之後的結果。「文」引申為記載語言的符號、篇章、修飾，相關用詞如文字、文章、文采等。

古代在身上刺出各式各樣的符號，主要目的是為了標示種族或身分。遠在商周時期，吳越等國或蠻夷之境便有紋身的習俗。如《墨子．公孟》提到：「越王句踐，剪髮文身」，《莊子．逍遙遊》也說：「越人斷髮文身。」除了紋身之外，遠古時代也流行在罪犯臉上刺字的「黥刑」，又稱「墨刑」，秦朝時將修築長城的罪犯臉上刺上「城旦」以防止逃跑；宋朝將流配的罪犯臉上刺上「刺配××」等字；明朝在盜賊的左右手臂或頸項刺青，這種刑罰甚至一直流傳到清代。「文」的本義為紋

甲 金 篆

理與色彩，引申為語言符號的總稱。

文，花紋也

古人以有色彩的線條來紋身，因此，「文」的衍生字大多與「紋路或色彩」有關。「文」與紋、彣同義。「紋」的本義為絲織品（糸）上的彩色線條，引申為各種彩色線條的意思；彣（彣）表示斑駁的紋路（彡），《集韻》：「彣，古通文。」

虔 ㄑㄧㄢˊ qián

虎文，老虎（虍，虎）身上的花「紋」（文），虎文也，引申為令人敬畏的意思，如虔誠、敬虔等。

古人很怕老虎，只要見到老虎身上獨有的條狀花紋，立時生出驚懼之心。早在周朝便出現以虎的形象來當作軍符，稱為「虎符」。這是一頭切成兩半的銅虎，一半由皇帝收存，另一半交給駐守在外的將軍。兩者合體時，將軍才能出兵，因此，虎符象徵著極高的權力，是皇帝用來調兵遣將的重要信物。

除了虎符之外，漢朝也以虎皮製作衣服，只有將軍才能披上，《後漢書》裡記載，東漢時期，袁紹立曹操為東郡太守，後來兗州刺史劉公山被黃巾黨所殺，袁紹則又任命曹操為兗州刺史，為曹操披上「虎衣」，將大軍交給他，《後漢書》寫道：「被以虎文，授以編師。」

斐 ㄈㄟˇ fěi

鳥類雙翅（ ，非）上的花紋（ ）。

引申為引人注目、顯著的意思，如斐然。

紊 ㄨㄣˋ wèn

各種花紋（ ）的絲線（ ）混在一起。

編織衣物時，若任意將各種顏色的紡線胡亂搭配，編織出來的衣服，可就顯得色彩凌亂，有失美感。

彥 ㄧㄢˋ yàn

「峭壁」（ ）所呈現的大片艷麗「花紋」（ ）。

古人發現，許多峽谷上的岩壁常呈現瑰麗的色彩，如廣東丹霞山峭壁上的艷麗色彩宛若彩霞，河南雲台山的紅石峽谷總讓遊客流連忘返，其他如美國大峽谷或約旦玫瑰石峽谷更是令人驚艷。彥的本義為岩壁上的瑰麗色彩，引申義為有文才的人。「彥」所衍生的常用字有「顏」與「諺」。顏（ ），本義為頭（ ，頁）上的色彩（ ），也就是臉色，引申為色彩；諺（ ），本義為帶有地方色彩（ ）的言（ ）語，引申為流傳於各地方民族的通俗話，相關用詞如俗諺、古諺等。

產 ㄔㄢˇ chǎn

以峭壁（ ）上的紋彩（ ，文）來製造（ ，生）出各種有用的東西。

古人對峭壁岩石上的艷麗色彩很好奇，他們發現峭壁的顏色都是由不同種類的礦石所發出的，取出這些礦石加以研製，就能取出其中的顏料，作為染料或其他用

篆

篆

篆

篆

途。例如像丹砂之類的礦石能提煉出紅色染料，染在布料上，便能生產出紅色的衣服，因此，遠在商周時期便有開採丹砂做染料的紀載。

文，文章詞藻也

在漢字構件裡，「文」除了代表紋路或色彩之外，也代表華麗詞藻，依從此義的主要衍生字為吝與閔。

吝 ㄌㄧㄣˋ lìn

口（）出華麗詞藻（）來推拒，不肯施捨錢財（，貝），也就是吝嗇的意思。

兩千五百年前，孔子已經為「吝」字做了最好的註解，孔子說：「巧言令色，鮮矣仁。」表面和善卻擅長花言巧語的人，當別人有求於他時，總是能搬出一堆道理來婉拒，是個缺乏愛心的人。孔子又說：「如有周公之才之美，使驕且吝，其餘不足觀也已。」（一個人縱然有周公的美好才幹，倘若他既驕傲又吝嗇，那麼他其餘的美善就不值得觀察評論了。）可見孔子雖然推崇周公的才能，但更看重個性的謙遜寬厚。

篆

閔 ㄇㄧㄣˇ mǐn

弔祭者在喪家門（）口頌文（）悼祭。

「憫」是衍生字，表示弔祭者的心同感悲傷。《說文》：「閔，弔者在門也。」

金

篆

「黃」的衍生字

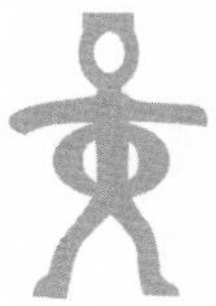

黃 ㄏㄨㄤˊ huáng

人（）身上的皮。

古人如何描寫黃顏色呢？對於一個黃種人而言，最直接的聯想就是「人的皮膚」。「黃帝」本來姓公孫，並非姓黃。因為他統一了中原地區所有黃皮膚的族群，被尊為黃種人的共同祖先。周天子於是尊他為黃帝。《春秋繁露》記載：「是故周人之王，推神農為九皇，而改號軒轅謂之黃帝。」

現代漢字	示意圖	甲骨文	金文	篆體	構字意義
皮					手剝蛇皮
革					獸皮
勒					手剝獸皮
黃					人皮

甲 金 篆

甲骨文、、、代表一個「人」（）「身上的皮膚」。金文、、添加了一個「人頭」（）。「黃」與「革」的造字概念非常一致。「革」是獸皮，「黃」是人皮，兩者所呈現的「頭」、「四肢」、「身上的皮」等，其構形與意義完全相同。

革 ㄍㄜˊ gé

獸皮。

古人在冬天時穿獸皮衣以禦寒。金文及篆體呈現獸頭、獸身、四肢、尾巴及被剝開的獸皮。革具有獸皮、除去（獸皮）兩個意涵，相關用詞如皮革、革除等。

金 篆

勒 ㄌㄜˋ lè

用「力」（）將皮「革」（）撐開。

「勒」引申為強迫、拉緊，相關用詞如勒索、勒緊等。

皮 ㄆㄧˊ pí

手（）剝蛇皮（）。

甲骨文是一張蛇皮，金文是以一隻「手」正在剝蛇皮的象形文。字形中的「口」代表蛇頭，「一豎」代表蛇身，「三角形」則是剝

甲 金 篆

離的蛇皮。剝蛇皮時，先將蛇頭掛在樹上，從頭部畫一小口，撕開，就能將蛇皮從頭到尾剝下來。

許多學者認為代表一個人腰繫玉珮，因玉珮是黃色的，故以此字代表「黃色」。然而，玉珮都是黃色的嗎？玉珮有許多種顏色，古代皇帝都喜歡白玉，倉頡隨身攜帶黑色玉圭，富貴人喜歡翡翠玉，古代玉器有蒼璧、黃琮、青圭等等。因此，珮玉之說，證據不足。以下為「黃」的衍生字。

堇 ㄐㄧㄣˇ jǐn

黃（）土（）。

金文、、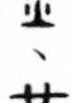及篆體、都是由黃（、）與土（）所構成的會意字。堇，本意為黃色的黏土。黃黏土適合製作陶器，卻不適合耕種，因此，黃黏土代表貧瘠土地。許多「堇」的衍生字如「難、艱、勤」等就具有艱難的意涵。「堇」引申義為貧瘠、稀少。

勤 ㄑㄧㄣˊ qín

有一隻強有「力」（）的手，努力地在貧瘠的「黃土」（，堇）耕作。

相關用詞如勤勞、勤奮等。

艱 ㄐㄧㄢ jiān

「回頭瞪視」（，艮）著貧瘠的「黃土」（）。

引申為困難的環境。相關用詞如艱苦、艱困等。

金

篆

篆

篆

難 ㄋㄢˊ

nán

掉入「黃黏土」（）裏的「鳥」（，隹）。落難鳥也。

當鳥兒羽毛被黃土黏上就飛不起來了，於是成了落難鳥。中國古代還流行一種特殊的烤鳥方式，就是將黃色黏土厚厚的塗滿鳥的全身，再將鳥投入火窯裡烤。烤熟後，只要將黏著羽毛的焦黑黏土剝除，就可享用香嫩的鳥肉，完全免去除毛的麻煩。這種作法稱作「叫化雞」，相傳是叫化子所發明的吃法。另一個篆體在「難」（）底下又添加了「火」（），似乎就是「落難鳥遭火烤」的寫照。

攤 ㄊㄢ

tān

面對艱「難」（）環境，無奈地把雙「手」（）張開。

相關用詞如攤開、攤販等。

歎 ㄊㄢˋ

tàn

對著貧瘠的「黃土」（）「張口吐氣」（，欠）。

歎與嘆同義，嘆（）也是代表對著貧瘠的「黃土」（）張「口」吐氣（）。相關用詞如嘆息、悲嘆等。

篆

金

篆

僅 ㄐㄧㄣˇ jǐn

「人」口（ ）**「貧瘠」**（ ）。

貧瘠的黃土地上，人口自然也少。「僅」本義為人數極少，引申為極少，相關用詞如僅僅、僅有等。

謹 ㄐㄧㄣˇ jǐn

「言」語（ ）**「貧瘠」**（ ）。

引申為不輕易開口說話，相關用詞如謹言慎行。

饉 ㄐㄧㄣˇ jǐn

「食」物（ ）**「貧瘠」**（ ）。

引申義為蔬菜欠收或尚未成熟。相關用詞如飢饉。

覲 ㄐㄧㄣˋ jìn

「極少」（ ）**能「見」面**（ ）。

周朝時，諸侯到了秋天才能「覲見」天子，一般百姓更是一生難得見上天子一面，故「覲」專用於會見天子。《說文》：「諸侯秋朝曰覲。」

漢 ㄏㄢˋ hàn

由帶著大量泥沙的江「水」（ ）**沖積而成的「黃土」**（ ）**平原**。

漢中盆地是漢朝的發祥地，素有「魚米之鄉」的美名。漢中盆地介於秦嶺和大巴山之間，是由漢江沖積而成，上面覆蓋著大量的黃土狀砂質粘土及礫石。秦朝在此設立漢中郡。秦朝末年，劉邦向項羽稱臣，受封於此，成為「漢中

 篆

 篆

 篆

 篆

 篆

王」。經過數年韜光養晦之後，國富民強，最後擊敗項羽，取得天下。

就簡體字而言，大多把「堇」簡化為「又」，如「艱、難、僅、嘆、漢」被簡化為「艰、难、仅、叹、汉」。也就是說，貧瘠的黃土消失了，取而代之的是一隻手。但此種簡化非常不一致，如「勤、謹、饉、覲」卻未簡化。可見，簡體字不僅喪失構字意義，本身的結構也不那麼系統化。

廣 ㄍㄨㄤˇ guǎng

屋前（，广）的大片「黃」土地（），廣場。

以「廣」為聲符的漢字有曠、礦、鄺等。「廣」的簡體字為「广」。

擴 ㄎㄨㄛˋ kuò

以「手」（）拓展屋前「廣」場（）。

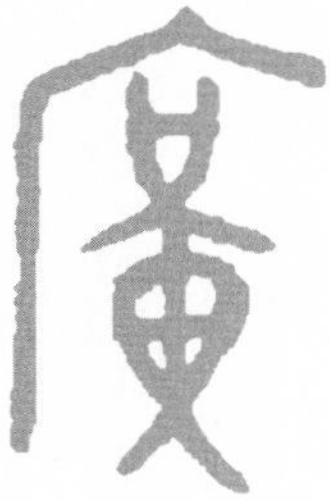

金

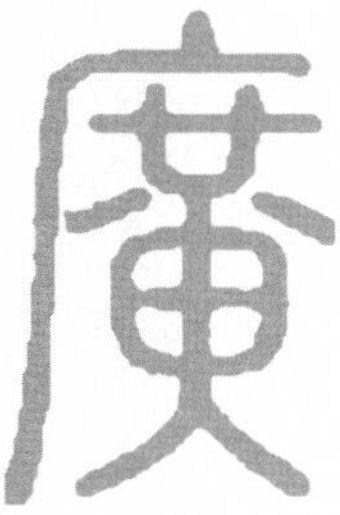

篆

其他由「大」所衍生的字

其他由「大」所衍生的字，如果以筆畫增添的位置來區分，大致可分為上、下、兩側、內外圍四部份。

「大」上面增添筆畫的衍生字

美 ㄇㄟˇ měi

身披「羊」（）皮大衣的「人」（）。

「美」的甲骨文是一個披著「羊」（）的人（）。「美」引申為裝扮、漂亮，相關用詞如美容、俊美等。

古代稱羊皮大衣為「羊裘」，是古代普遍的禦寒衣物。在周朝，狐裘與豹裘最為昂貴，勝於羊裘百倍，為王公貴人所喜愛，但是在祭典及朝廷議事的正式場合卻要穿羊裘。羊皮大衣披在身上，不嫌羊騷味，反而覺得「美」麗，是因為古人認為這樣可以增添尊貴氣息嗎？穿起狐裘與豹裘豈不更顯尊貴？原來，羊是順服的動物，即使主人將牠全身的毛剃光也不反抗，甚至被主人宰殺也不哀號。像羊這樣順服的性情，在所有動物中是獨有的。《春秋繁露》更稱頌小

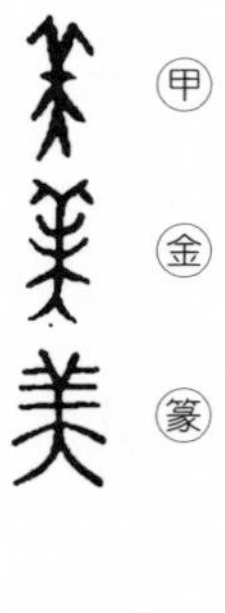

羊總是跪著吃母奶，是乖順而感恩的動物。

《周禮》記載周朝君王祭祀上天時，必須身穿大裘冕，也就是黑色羊皮大衣。獻祭者藉此表明自己願意像一隻「完全順服的綿羊」，聽從上天旨意。古人認為一個完全順服上天旨意的人，就是一個完「美」無缺的人。

夫 ㄈㄨ fū

頭髮上插有一支髮簪（一）的男人（　）。

周朝的男子在小時候披頭散髮，就可以將頭髮束起來並戴上髮簪，稱為「束髮之年」。這時候，可以脫離「小學」而進入「大學」，進修更高深的學問、更艱難的技藝，也開始學習成人禮節，這就是《大戴禮記》所說：「束髮而就大學，學大藝焉，履大節焉。」所以「夫」是對成熟男子的美稱，相關用詞如丈夫、夫子等。以夫（ㄈㄨ）為聲符所衍生的形聲字有伕、扶、芙、肤、麩等。

甲 金 篆

需 ㄒㄩ xū

身穿「簑衣」、頭戴「笠帽」（　），在雨（　）中行走，引申義為雨天出門應攜帶的雨具。

蓑衣與笠帽是雨天的必備用具，而遠在周朝就已經有相關記載了，如《國語》：「譬如蓑笠，時雨既至必求之。」（雨季已經來臨了，蓑衣與笠帽是必須趕緊取得的。）

金文（　）描寫一個人（　）在雨（　）中行走，身穿簑衣，頭戴笠帽，篆體（　）、（　）是逐步調整筆順後的結果，但戴雨具的人已訛變為「而」。「需」引申為必須要有的東西，相關用詞如需要、需求等。

許多學者認為「需」表示下了一場「及時雨」，解除了乾旱。但是就字的組成與構形來看，

金 篆

這種解釋不太能自圓其說，譬如金文的構形，顯然是穿戴某種衣具的人；而且，乾旱後的及時雨為何不落在乾涸的田裡，反而落在不需要雨的人身上呢？

奚 ㄒㄧ xī

主人抓（，爪）著一位被鎖鏈（，幺）捆索的人（），奴隸也。

甲骨文是一個人頭上有「鎖鍊」且雙手被反綁的象形文，金文表示一個人的頭上綁著連環的鎖鍊（），鎖鍊另一端被一隻「手」拉著，這是描寫古代奴隸的頭頸部被鎖鍊或繩索牽連著集體服勞役的景象。殷商時期俘虜大量外族充當奴隸，頸項上的鎖鏈是為了不讓奴隸逃脫又能騰出雙手服勞役的方法。奚的本義是奴隸或僕役，引申義為遭人譏笑、為何，相關用詞如奚僮、奚落等。以奚（ㄒㄧ）為聲符所衍生的常用字有溪、蹊、雞等。

頸繫鎖鏈的殘酷景象，在王莽時期仍繼續存在。王莽為了實施貨幣改革，頒布詔令，凡盜鑄錢幣者，五家連坐（左右鄰舍都要一起受罰），全數被抓去充當官府奴婢，押解途中，男子被關在有柵欄的囚車內，兒女們跟在後面步行，頸項上繫著鐵鏈，一路押解到掌管鑄造錢幣的官府那裡受審判，總數約有十萬人之多。到場時，夫婦被強迫更換，其中六、七萬人因愁苦而死亡。這就是《漢書．王莽傳》所記載的：「民犯鑄錢，伍人相坐，沒入為官奴婢。其男子檻車，兒女子步，以鐵鎖琅當其頸，傳詣鍾官，以十萬數。到者易其夫婦，愁苦死者什六七。」

甲 金 篆

央 ㄧㄤ yāng

脖子被束縛在「頭枷」（）中的人（）。

甲骨文描寫一個脖子被束縛於刑具中的人，引申的意義有兩個，一個是中間，相關用詞如中央。另外，帶枷的囚犯必定痛苦不堪，以

甲 金 篆

至於不斷祈求釋放，所以又引申出懇求的意思，相關用詞如央求。

罪犯將頭放在刑具中央，結局會如何呢？若在中國，戴著「頭枷」的囚犯，不久可能慘死，若是在西方，當罪犯的頭放在斷頭台中央，其命運更是悲慘，「殃」就是由「央」衍生而來的。

殃 一ㄤ yāng

遭遇可能致死（，歹）的災難（），其中，「歹」代表人死亡後所留下的殘骨。

黑 ㄏㄟ hēi

臉上被刺字並塗墨（）的人（）。

墨刑，又稱黥刑（或黥首），是以燒紅的尖刀在罪犯臉上刺字，再塗上墨汁，使別人一看就知道此人犯了什麼罪，造成受刑人一輩子無法洗刷的恥辱。這種刑罰從殷商到清朝，似乎都未曾斷絕過。

為什麼「墨」刑或「黥」刑都有一個「黑」字？到底「黑」隱含了什麼秘密呢？「黑」的金文是一個大頭人，左右臉頰各有一黑點，另一個金文則在臉上的四處都有黑點，而身體周圍也有四個黑點，這是描寫一個人臉上被尖刀刺刻了許多符號，然後以墨汁塗滿了臉，多餘的墨汁則四處滴灑。篆體及則是逐步調整筆順的結果，只是張開雙手雙腳的人（）已訛變為「土」。「黑」除了衍生出一些與墨刑有關的字之外，也衍生出許多與黑色有關的字，如墨、黝、黔、黛、黠等。

黜 ㄔㄨˋ chù

犯了錯，除了被施以「墨刑」（）外，還被免除職務，逐「出」（）宮廷。

「黜」引申義為降職或罷免。

吳 ㄨˊ wú

側頭（，夨）大喊（，口）的人。

《史記》記載周太王的長子太伯，為了讓賢給弟弟季歷的兒子昌（就是後來的周文王），於是奔走南方蠻荒之地，斷髮紋身，自號句吳，自此成為吳國的開國君主。吳國在今天江蘇一帶，越國則在浙江一帶，在古代都被視為未開化的民族，因此《史記》說：「秦、楚、吳、越，夷狄也。」吳越等國古稱百越，因處於深山野嶺，彼此說話時都非常大聲，隔著老遠就彼此喊話，一直到今天，百越的男子愛唱山歌，姑娘採茶時則唱採茶歌，聲音都是十分嘹喨的。「吳」的金文及篆體都是在描寫側頭（，夨）發大聲音（）之人，所以引申出喧嘩的意思。夨（ㄗㄜˋ）的甲骨文、金文及篆體都是在描寫一個將頭傾向一邊的人。

吳國人可能還是擅長「口技」的獵人或馴獸師，能發出動物叫聲以誘捕鳥獸，這點從「虞」的構字本義及古籍可以得到佐證。

金 篆

虞 ㄩˊ yú

能施口技（，吳）馴服老「虎」（，虍）的人。

「伯益」是中國第一位馴獸師，也是第一個「虞人」，也就是掌管山林鳥獸的官。《史記・五帝本紀》記載，舜向大臣詢問，誰能馴服山裡的各種鳥獸呢？大家都推薦伯益，於是舜便以伯益為「虞人」。《通典》也記載「虞舜有天下，

甲 金 篆

……，伯益作虞，育草木鳥獸。」伯益將抓來的野獸都馴服得非常好，使牠們繁衍眾多，得到賞賜，賜姓「嬴」。到了周朝，他的後裔秦非子又因善於養馬，得到封地。古代豢養鳥獸的地方稱為「苑囿」，相當於現代的動物園，《春秋繁露》記載：「桀紂……，侈宮室，廣苑囿。」可見夏桀與商紂所豢養的鳥獸很多，商紂甚至能赤手與猛獸搏鬥。

「虞」的甲骨文表示將老「虎」（）銬牢（），這是描寫一個擅長捉老虎的人。是木製手銬（請參見「幸」，171頁）。金文則將木製手銬改作「吳」（），「吳」除了是聲符，也是義符，因此，（虞）代表一位擅長口（）技的人（），能發出動物叫聲來誘騙老虎（）。

「虞」的本義是馴獸人，因為馴獸人善用巧計來馴服野獸，所以引申出「欺騙」的意思，相關用詞如「爾虞我詐」；又因為馴獸人必須隨時防範野獸反噬，所以又引申出憂慮、防範等義，相關用詞如「不虞匱乏」等。另外，馴獸過程又能娛樂旁觀者，所以虞又引申出娛樂之義，如「虞樂」（娛樂）。「虞」是「娛」（）的古字。

古人會模仿動物叫聲的一定很多，而商周時期，也不乏擅長口技的人，只是典籍記載不多。《史記．孟嘗君列傳》記載孟嘗君有兩位食客，沒什麼才能，只會學雞叫、學狗叫，大家都瞧不起他們，把他們稱為「雞鳴狗盜」之輩，但他們卻在孟嘗君遇到危難時，靠著這兩項絕活救了孟嘗君一命。另外，柳宗元《羆說》也記載一個楚國獵人能以口技發出各種動物叫聲，如鹿、虎、熊等，只可惜最後弄巧成拙，慘死於熊掌之下。

亢 ㄎㄤˋ kàng

上「腳鐐」卻仍站立並頑強抵抗的「人」。

金文、像是一個戰敗的將軍，雖然兩腳被鐵鍊綁住卻仍昂然站立，不肯屈服，篆體變形為。「亢」引申為高傲、過度。相關用詞如高亢、亢進等。

在先秦典籍中，「亢」大多表示「抗」，如《禮記》：「臣莫敢與君亢禮也。」所謂之「亢（抗）禮」，就是以對等的禮節相待。又如《說苑》：「有能亢（抗）君之命，反君之事。」再如《呂氏春秋》：「江河之水，不能亢（抗）矣。」顯然「亢」是「抗」的本字。

以「亢」為聲符所衍生的形聲字有伉、炕、航、杭、沆、骯、坑等字，其中，航（）也是會意字，表示雙腳穩穩站在（，亢）船（，舟）上掌舵的人。航行時，要面對各種惡劣天氣，唯有能頑強抵抗洶湧浪潮及狂風暴雨的人，才能將船穩住。

太 ㄊㄞˋ tài

「大」而又「大」。

「太」的篆體有幾種構形，是由兩個大所組成，表示大而又大。描繪一個「巨人」胯下站著一個「小矮人」的景象，對小矮人而言，大巨人實在是太大了；而對大巨人而言，小矮人則實在是太小了。後人將「小矮人」簡化為「一點」，於是變成。「太」與「泰」的古字相通。「太」的本義為大、「泰」引申為極端、過於。

金

篆

篆

交 ㄐㄧㄠ jiāo

雙腳交叉。

「交」引申義為相錯、往來的關係，相關用詞如交叉、交往、交通等。

金 篆

奄 ㄧㄢˇ yǎn

或ㄧㄢ，yān。上帝耳目遍滿全地，能垂聽世「人」（）的「申」告（）。

金文表示人（）向天禱告（），篆體將申與大的位置上下對調，但仍不失其義。

《詩經．大雅》說：「皇矣上帝，臨下有赫，鑒觀四方，求民之莫（瘼）。」大意是說，上帝能鑒察四方，探尋百姓的疾苦。因為古人相信上帝耳目「掩」蓋全地，能垂聽世人的禱告，所以「奄」的本義為「覆蓋」，是「掩」的本字，如《尚書．大禹謨》：「堯德廣遠，……，皇天眷命，奄有四海為天下君。」大意是說，堯的德行廣傳，受皇天上帝的眷顧，使他的恩澤掩蓋四海之臣民而得為天下的君王。又如《春秋繁露》：「強奄弱，眾暴寡。」意思是說強者掩蓋弱者，人數眾多的族群強暴弱勢族群。

由「奄」所衍生的字有淹、掩、醃等，這些衍生字都隱含「覆蓋」的意涵，如淹（）表示被水覆蓋，相關用詞如淹沒；掩（）表示以手覆蓋，相關用詞如掩蓋；醃表示用鹽或酒（酉）將食物覆蓋（奄），相關用詞如醃製等。

由於上帝能垂聽困苦人的微弱哀求聲，所以「奄」也引申出氣息微弱的樣子，相關用詞如奄奄一息等。

金 篆

夸 ㄎㄨㄚ kuā

張開雙腳（）穿梭（，丂）各地。

引申為跨越。「夸父追日」是大家都曉得的傳說。夸父決心追逐太陽，當他跨越山嶺，好不容易在禺山追到了太陽，但口渴難忍，他又跨越江河，喝乾渭河的水，但還是不能止渴，又跨步前往大湖，最後，不幸在途中渴死。「夸」這個字極為傳神地記錄了這個能追著太陽跑的巨人，「夸」的金文表示一個能張開雙腳橫越各地的「人」（），他就好像穿梭樑柱之間的「煙氣」（，亏）一般，暢行無阻。夸的衍生字有跨、誇、胯、垮等，這些衍生字都隱含「跨越」的意涵，如「跨」（）表示雙足（）跨越（，夸）了某個範圍，「誇」（）表示所說的話（，言）跨越（，夸）了應有的範圍。

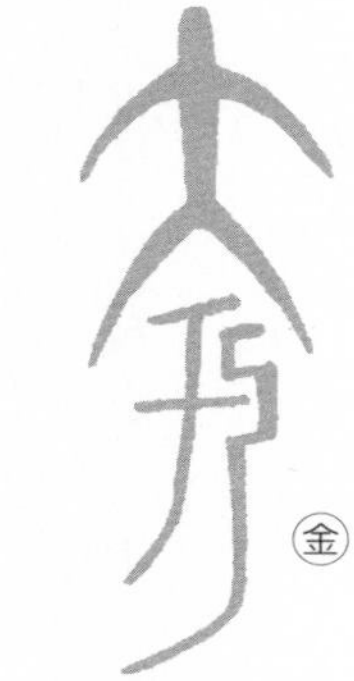
金

篆

亏 ㄩˊ yú

或于。遊走的煙氣（）升到天上（二）。

「亏」的甲骨文及金文是描寫屋內煮飯的「煙氣」沿著「樑柱」（，干）周圍緩緩上升的情景。到了篆體則分化成「于」（）及「亏」（）兩個同音同義的異體字，本義為「遊走的煙氣」，引申義為「往」、「在」等。

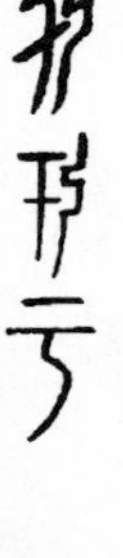
甲 金 篆

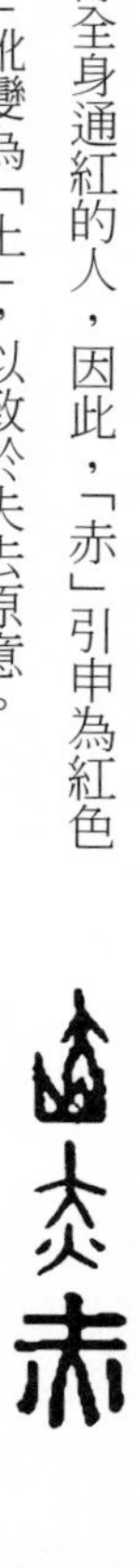

甲

金

篆

赤 ㄔˋ chì

人（ ）在火（ ）上受刑。

「赤」字是描寫一個被火燒烤得全身通紅的人，因此，「赤」引申為紅色的意思，可惜篆體 把「人」訛變為「土」，以致於失去原意。

史書記載商紂王為了取悅愛妃妲己，想盡各種奇特又殘酷的刑法來逗樂她，於是他實施遠較烙印更為殘酷的「炮烙之刑」。他為了懲治反對他的臣民或欲逃脫的罪犯，將他們綁在銅柱上，或強迫他們走在炭火上，受刑者因疼痛而掙扎蹦跳。由於此酷刑常引得妲己狂笑不已，紂王也樂此不疲。參見《尚書》：「今商王受，弗敬上天，降災下民……焚炙忠良，刳剔孕婦。」《史記．殷本紀》：「百姓怨望而諸侯有嚳者，於是紂乃重刑辟，有炮烙之法。」

無獨有偶，與商紂同時代的巴比倫國王尼布甲尼撒也是如此將三位臣子丟進火爐裡，另外，中世紀歐洲常以火刑施加在宗教異端或政治犯身上，其中，聖女貞德被活活燒死更是人盡皆知的歷史，由此可見古代火刑普遍的程度。

赫 ㄏㄜˋ hè

多人（ ）在大火（ ）上。

引申為（火勢）盛大，相關用詞如顯赫、赫日、赫怒等。

嚇 ㄒㄧㄚˋ xià

多人（ ）在大火（ ）上害怕得尖叫（ ）。

引申為使恐懼、威脅，相關用詞如驚嚇、恐嚇等。

赦 ㄕㄜˋ shè

免除（，支，手持器具）罪犯應得的火刑（）。引申為免除應得之罪，相關用詞如赦免等。

赧 ㄋㄢˇ nǎn

「罪犯或奴隸」（）被「抓」（）去服火刑（）。周朝天子原是萬方擁戴的君王，擁有無上權力，然而，周朝最後一位天子姬延，活了一百多歲，在位期間長達六十幾年，卻是昏庸無能，任憑諸侯欺凌嘲笑，最終斷送周朝八百年基業。死後，後人追諡他為「赧王」，藉此嘲諷他令祖先羞愧，該被送去服火刑。「赧」引申為面紅耳赤、羞愧難當，相關用詞如羞赧、赧顏等。

達 ㄉㄚˊ dá

「人」（）趕著「羊」（）群前往（，辶）目的地。「達」的甲骨文（）代表「手裡拿著細長枝條」（）在「路上」（）趕「羊」（）。金文（）代表持「竹條」（）走在路上趕羊。篆體（）代表「人」（）「走在路上」（，辶）趕「羊」（），引申義為到達，意即將羊群趕到目的地。

金

甲 金 篆

「大」兩側增添筆畫的衍生字

亦 ㄧˋ yì

兩腋流汗（ ）的人（ ），這是腋、液的本字。

甲骨文描繪一個人有汗液自兩腋流出。「亦」的本義是「腋下」及「汗液」。由於兩者容易產生混淆，所以後人另外以「腋」表示腋下，「液」表示汗液。「亦」的本義被「腋」與「液」取代之後，便移作別義，重新賦予「也」的意義，取其「亦本來是腋也是液」的意涵。

甲 金 篆

夜 ㄧㄝˋ yè

兩腋流汗的人（ ），到了晚上（ ，夕）便停下工作。日落而息也。

「夜」蘊含著「時候不早，大家應該休息了」的意思。相關用詞如夜晚、午夜等。以夜為聲符所衍生的字有腋、液、掖等。《說文》：「夜，天下休舍也。」

金 篆

爽 ㄕㄨㄤˇ shuǎng

一個兩腋流汗的人（ ）在「井」（ ）邊洗澡。兩腋清爽。

流汗的人，全身黏搭搭的實在不好受，他要如何才能變得舒服呢？金文、描繪一個兩腋流汗的人（ ）在井（ ）邊洗澡的景象，因為水多，不但洗去汗臭與污泥，還洗得全身舒暢，黃土高原地區水源不足，住在這裡的人要洗個澡，實在是很不容易，因此，「爽」引申為舒暢、清涼、明朗等的意思，相關用詞如涼爽、爽快、豪爽等。篆體是調整筆順後的結果，與現代字體完全一致。也有學者將

金 篆

「爽」解釋為流汗的人，張開雙臂，讓風吹乾。

夾 ㄐㄧㄚˊ jiá

一個人（ ）被兩側的敵人（ ）夾擊或挾持。

金文 表示一個人被兩側的敵人夾擊，這是古代戰場上常見的景況，但是為了突顯中間的我軍勇士，所以把他畫得高大一些。夾的動作是從兩旁箝住，相關用詞如夾攻、夾子等。

以「夾」為義符所衍生的常用字有峽、陜、挾、頰、狹等。（峽）代表兩側有高「山」（ ）包「夾」（ ）之地；（陜）代表兩側有「陡坡」（ ）包「夾」（ ）之地；（挾）代表以「手」臂（ ）將某物或某人強力「夾」住（ ）；（頰）代表將「頭」部（ ，頁）「夾」住（ ）的兩塊肉；（狹）代表遭兩側的「狗」（ ，犭）包「夾」（ ），遭到戲弄。

許慎認為「夾」是一個「大人」的兩腋各拍住一個「小孩」。然而，這個解釋不符合一致性的原則，因為在中文構字裡，「小孩」幾乎都以「子」來表示，而不是以「人」來表示。

夷 ㄧˊ yí

被一條「繩子」（ ，己）五花大綁以制服其野性的人（ ）。

《左傳》記載：「紂有億兆夷人」，這裡所指的「夷人」就是被商紂王抓來當奴隸的外族。遠古的中原人稱西戎為羌，就是與「羊」為伍之人；稱南方蠻為閩，與「虫」為伍之人；稱北方外族為狄，與「犬」為伍之人；東方外族為貉，與「豸」為伍之人。無論東西南北的外族，都加上「動物偏旁」，而統稱為「蠻夷」，被認為是一群沒有文化的人，需要被教導與管束。如何約束呢？《漢書》說：「繩之以文武之道。」

金 篆

金 篆

「夷」除了代表外族之外，另一個引申義是平息、平定，相關用詞如夷滅、夷為平地、化險為夷等。

「大」外圍增添筆畫的衍生字

因 ㄧㄣ yīn

人（）躺在草蓆（）上。

「因」的本義為草蓆，引申義為有所依據，也就是事件推論所憑據的因由，相關用詞如原因、因為等。後人將草蓆添加草字頭，改作「茵」（）。

甲 金 篆

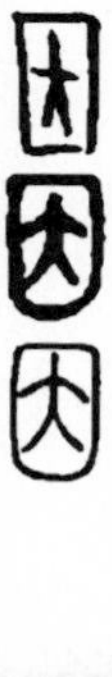

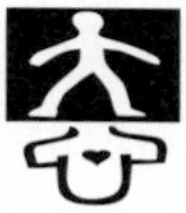

恩 ㄣ ēn

內「心」（）為了某種「因」由（）而感激他人。

人對於曾經幫助過他的人，總是心存感激，於是以「恩」來描寫其感激之情。相關用詞如感恩、恩惠等。

這一章大致介紹了所有「大」的衍生古字，讀者會發現，「大」在構字裡都是代表一位「成人」，因此，「大」的本義是「人」，引申義則表示體積或數量的多與廣。然而，不少人卻將引申義當作本義，並用以解釋所有包含「大」構件的字，如錯將「美」解為「羊大為美」；將「夷」解為背「大弓」之民族。而「尖」字則是極少數的例外，「尖」表示前端狹「小」，後端粗「大」的東西。不過這個會意字並沒有古字，在先秦典籍中也沒出現過「尖」字，要到漢朝之後的典籍才開始出現，所以「尖」是晚期所造的字。

【第四章】女

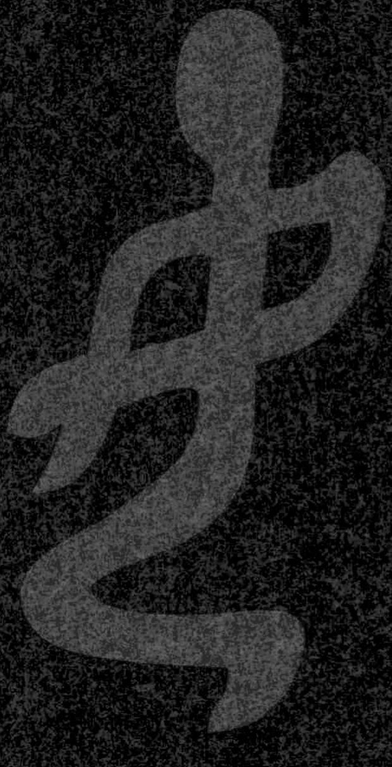

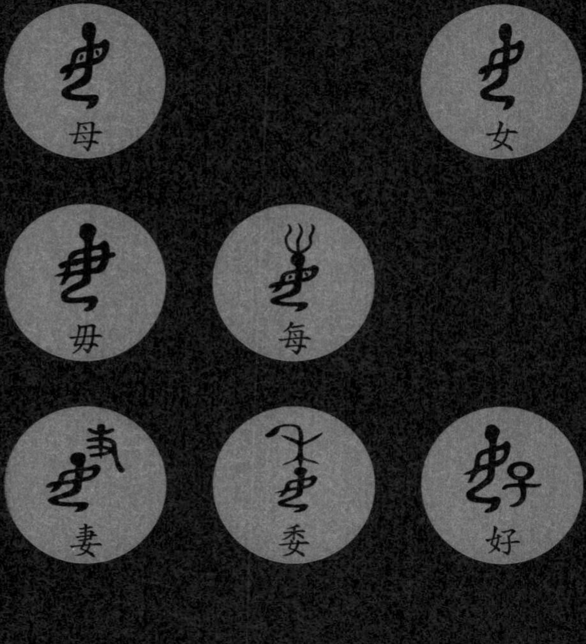
母
女
毋
每
妻
委
好

女
姓
姬
始
威
泯抿呡
民
腰
要
樓簍摟嘍髏
鏤屢縷褸
婁
櫻鸚纓罌
嬰
好
如
恕
茹鋤絮
委
妓
奴
安
矮
努弩駑
怒
諉
倭
氨鞍銨胺案按
萎
痿

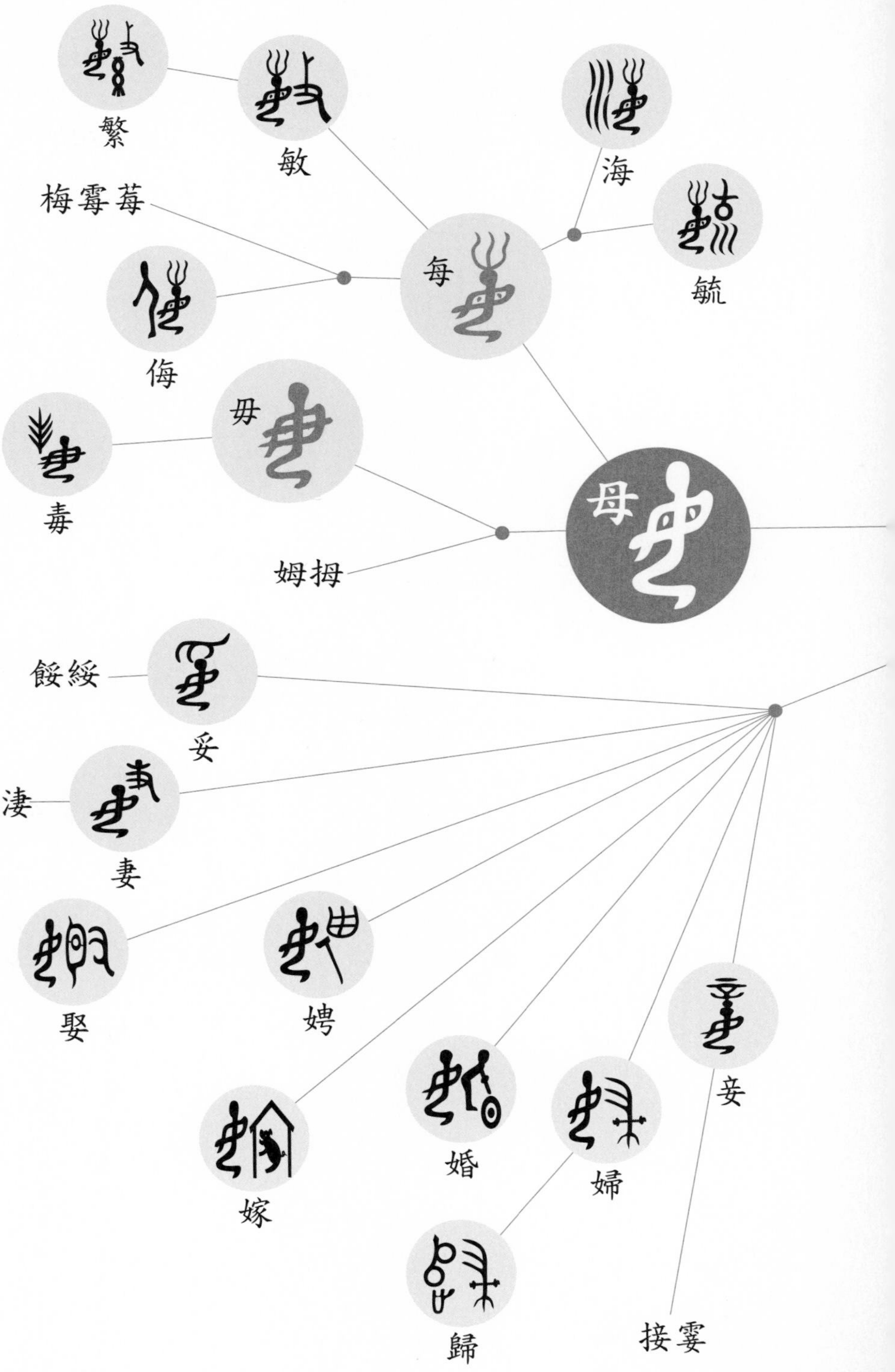

繁
敏
海
梅霉莓
每
毓
侮
毋
毒
母
姆拇
餒綏
妥
悽棲淒
妻
娶
娉
妾
婚
婦
嫁
歸
接霎

甲骨文、、、金文都是一個跪坐著且雙手斂合的人，反映出古代女性端莊、順從的形象。篆體、則是逐步調整筆順便於書寫的結果。

衍生出許多有趣且饒富意義的常用字，古體字如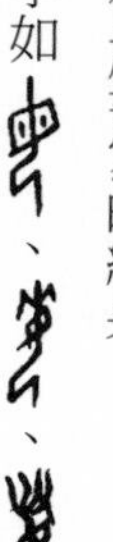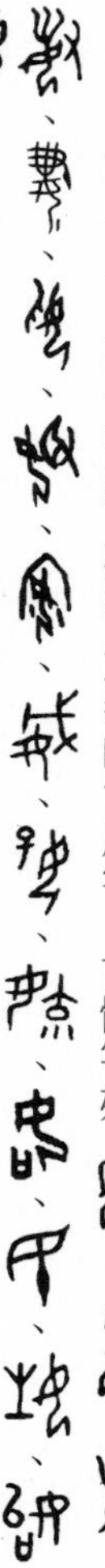等。這些字到底是什麼意義呢？每個字都像是一幅意象畫，藉著簡單勾勒的筆劃，凸顯這個字所要表達的重點或特徵，讓人只要看到這些象形文字，就不自覺產生聯想。

漢字的造字很有系統，由簡至繁，由具象到抽象，例如「繁」這個字是由，先有一個不分性別的（人）。這個人跪坐下來，「雙手交垂」便衍生出「女」（），一個端莊賢淑的女子。如果在「女」字的胸前添加「兩點」之後，就又衍生出具有「哺乳」能力的「母」（）親；如果在母親的頭上再添加「一根根頭髮」，就衍生出「每」（），藉此引申出每一根、每一滴等意涵。如果在「每」的旁邊添加一隻持梳子的「手」，就衍生出「敏」（），描繪一隻快速打理滿頭亂髮的手。最後在「敏」底下加上一條「髮辮」（），就衍生出「繁」（），因此由編織髮辮引申出「繁複、繁瑣」等意涵。

從這個衍生關係可以看出古人造字有一些規則：由簡單筆劃逐步添加構件而衍生成筆劃繁複的字；其次，是從具象的文字，如人、女、母，逐步進入愈來愈抽象的文字，如每、敏（敏捷）、繁（繁複）。

許多字看似雜亂無章，但若是能抽絲剝繭找出字與字之間的衍生關係及演化關係，便能解開漢字構字的奧秘。所謂的「衍生關係」是由一個字衍生出另一個字，而「演化關係」是指同一個字，由甲骨文、金文、篆體，一直演變到現代字體的過程。若是能掌握漢字的衍生路徑及演化順序，就能建構出完整的漢字系統。

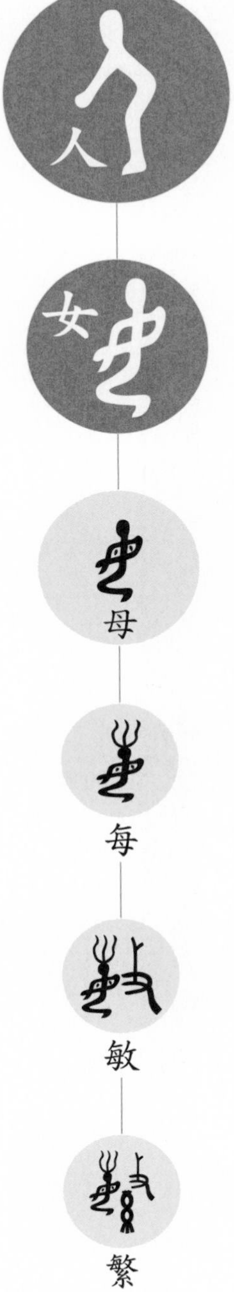

這一章以三個節次來介紹「女」的衍生字。第一節介紹「母」的衍生字，我們可看到從母親聯想出不少有意義的字，第二節則是從「女」所衍生與「生養眾民」有關的字，第三節除了介紹漢字構字意象之外，也介紹女性的婚姻與生活處境，讀者可由此了解古代女性所面臨的不安與無奈。

「母」的衍生字

漢字的衍生大多是由簡而繁，由單一構件逐漸添加筆畫或增添構件而成，「母」所衍生的漢字也是如此。如（母）衍生（每），再從「每」衍生出（毓），這條衍生路徑逐步彰顯了母親生養眾多的能力。另一個衍生路徑由（母）而（毋）而（毒），則是逐步顯示母親的不可侵犯。

有哺育能力的母親

母 ㄇㄨˇ

mǔ

有「哺育」能力的女（）人。

甲骨文、金文都是在女（）上增添「兩點」，表示發育成熟的「乳房」，突顯她具有「哺育」的能力。另一個有趣的篆體，更加突顯「乳汁」從女（）子胸前噴出。篆體則是調整筆順便於書寫的結果，已經非常接近於現代漢字。

母親的長髮

每 ㄇㄟˇ měi

母（）親的一根根長髮（）。

甲骨文、、、及金文都是描寫一個長髮「女子」，後來將其中的「女」變成「母」。金文、及篆體、則是描繪一位滿頭長髮的美麗「母親」。古人由母親「一根根」的秀髮引申出每一根、每一位、每一個、每一滴、每一……等用詞。古人以「三」根頭髮代表「眾多」頭髮，相近的構字意象如（若）、、（妻）等。

甲 金 篆

敏 ㄇㄧㄣˇ mǐn

「母」（）親「手持梳子」（，攴）迅速打理一頭亂髮（）。

甲骨文描寫一個「人」（）用「手」（）打理一頭「亂髮」，另一個甲骨文代表「女」（）人用「手」在梳理一頭「亂髮」，而金文則演變為「母」親（）用「手」梳理「頭髮」，篆體代表「手持梳子」（，攴）梳理「母親的頭髮」（，每）。「敏」引申為迅速、靈活，相關用詞如敏捷、敏銳、靈敏等。

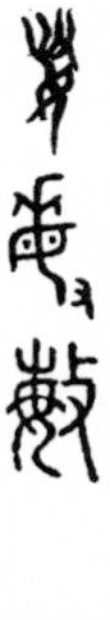

甲 金 篆

值得玩味的是，在「敏」的演變過程中，為何從「人」變為「女」人，再由女人變為「母」親？這種有趣的轉變，是否意味著周朝「男人」梳頭顯得不雅觀，「母親」梳頭才顯得自然呢？

繁 ㄈㄢˊ fán

「手持梳子」（，攴）將「母親的頭髮」（，每）梳理之後，再結成「辮子」（，糸）。

「繁」的本義為結紮成繁複的辮子，引申為多、雜的意思，相關用詞如繁多、繁雜、繁榮等。

篆

毓 ㄩˋ yù

出生嬰兒（）一個個流出（），像「母親的頭髮」（）一樣多，生養眾多也。

甲骨文及金文表示「出生嬰兒」（，𠫓）從「女」人（）身上「流」出（）。金文及篆體把「女」人改為「母」親（）；另一個篆體將「母」添加了頭髮而成為「每」（），表示努力「生孩子」，使子孫像「母親的頭髮」一樣多。毓是繁殖、生育、養育的意思。

「毓」的金文演變過程中，為何由「女人」生子變為「母親」生子？顯然是受了周朝禮儀制度所影響，「三書六禮」是西周時代流傳至今的婚姻禮儀，未婚女性生子是不合體統的。

甲 金 篆

海 ㄏㄞˇ hǎi

收納「每」（，每）一滴「水」（）的地方。

古諺「海納百川」反映了海的包容力。《說文》：「海，天池也，以納百川者。」

金 篆

侮 ㄨˇ wǔ

他「人」（）抓住我「母親的頭髮」（，每）。

母親被別人欺負或咒罵，對於做子女的來說是奇恥大辱。「侮」引申為欺負、輕視，相關用詞如侮辱、欺侮等。

請勿對母親有非分之想

毋 ㄨˊ wú

已為人「母」（），請「勿」有非分之想。

女子要拒絕男子時，會本能地以雙手護住乳房，「毋」表達了這種自然防衛的傾向。在古時候，「毋」與「母」是相通的，似乎意味著我已經是為人「母」了，請「勿」對我有非分之想！

古人用「一條線」（或帶子）將母親（）的兩點乳房封住，就衍生出「毋」（）。「毋」引申為「不要」，相關用詞如毋忘、毋違等。《說文》：「毋，……，禁止之，勿令姦。」

毒 ㄉㄨˊ dú

害人的「植物」（），「毋」（）碰也！

《漢書．西南夷》記載，中國西南夷（雲貴蜀）常常侵犯漢朝，甚至漢朝派使臣尋求和解，也受到輕蔑。他們為何不怕漢朝大軍呢？《漢書》形容他們藏身在「溫暑毒草之地」，常常使得敵軍如入火坑深潭，最後都被消滅。

篆 

篆 

篆 

萬民皆由女而生

人人都由女性所出，「女」因此也含有蘊育萬物的意涵，相關的衍生字如民、始、姓、母、毓等都具有「生養族群」的意義。除此之外，古人也認為生孩子是女子的「天職與渴望」，因此有了好、嬰、要、婁等字。

民 ㄇㄧㄣˊ mín

從「女」人「所出之物」。

金文、及篆體是在「女」（、）的下方添了一個「十」（、），表示由女人而出的十代子孫。另外兩個篆體、則是逐步調整筆順的結果。萬民都是從女而出，相關用詞如人民、民眾等。「十代」就算是一個相當久遠的時間，因此，（古）代表十代相傳的歷史。

民與氏的構字概念是非常一致的：民是代表女人所生出的後代，而氏是男人所生出的後代（請參見「氏」，第二章，117頁）。

金

篆

現代漢字	甲骨文	金文	篆體	構字意義
氏				從男「人」（）而出的十（）代子孫
民				從「女」人（）而出的十（）代子孫

甲骨文學者郭沫若在《奴隸制時代》認為「民」的金文、是「將眼睛刺瞎」的象形文，因此他推論所謂的「民」就是眼睛被刺瞎的「奴隸」，這個說法得到許多學者認同。然而，商周時代，只有極少數奴隸的眼睛被刺瞎，而且周朝經典裡的「民」都表示「平民」，而非奴隸。「刺眼說」與「奴隸說」的證據仍嫌薄弱。

姓 ㄒㄧㄥˋ xìng

從「女」（）而「生」（）。

金文及篆體都是由「女」與「生」所構成的會意字，表示從女而生。遠古時代，在婚姻制度尚未建立之前，有些孩子不知道父親是誰，但一定認識懷胎十月、把他乳養長大的母親，為了標明其母系族群，於是產生了最早的姓。上古八大姓都是從「女」旁，炎帝（神農氏）姓姜，黃帝姓姬，舜姓姚。

每年春天一到，原本枯死的小草又開始發芽生長，如此一代代生生不息的繁殖能力令人驚嘆，「生」（）就是藉著從「土」（）裡所冒出的「小草」（）來表徵。古人探究族群

金

篆

起源時，發現古代許多強大的族群，都是從女性開始，然後一代代繁衍而出，而這族群中第一個女人的名字後來也成了這個族群的稱號，所以古人便由「女」「生」衍生出「姓」。

始 ㄕˇ shǐ

「口」發「信息」（ㄙ）的「女」人。

引申為最早出現的女人。「始」是描寫女人當家的母系社會。甲骨文及金文是由「司」與「女」所構成，意思是一個「發號令」（司）的「女」人。後來，「始」的構字產生改變，「司」被改作「台」，金文、及篆體是由女、口、ㄙ所構成，代表「口」發「信息」的「女」人。

「始」具有「最初」的意思，因為萬民都是由「女」而出，所以老祖母在古代家庭裡是相當有地位的。《說文解字》將「始」詮釋為「女之初也」，意即最早出現的女人，也就是人的祖先。

姜、姬、姚、嬴、姒、妘、妊、嬀這「上古八大姓」都是從「女」旁，這是中國最古老的姓，可見當時有許多母系族群。一般認為舊石器時代是以母系的族群社會為主，新石器時代則是母系及父系族群社會並存。夏禹開啟帝制之後，就開始走向父系社會了。

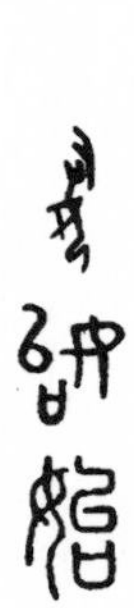

甲 金 篆

姬 ㄐㄧ jī

大乳房的女人。

「姬」是中國最古老的姓，黃帝及周朝的祖先都姓姬。姬，本義為哺乳能力極強的女人，是古代對婦人的美稱。金文、及篆體都是描寫一個「女」人及「兩個大乳房」，每個乳房中間還畫了奶頭。金文、及篆體則省略了一個乳房。

金 篆

后 ㄏㄡˋ hòu

發號令（）的人（），君王。

甲骨文描寫一個伸出手的人（）開口（）大聲發布命令。金文及篆體則是逐步調整筆畫的結果。上古時代稱君王為后，如夏朝的君王自稱為夏后。但後世則稱君王的妻子為后，如皇后。「后」也通「後」，表示「在君之後」。

君王可以親自發號施令，但有時候會將發號令的權柄交給大臣。例如周武王死後，兒子成王繼位，這時武庚叛變，成王於是任命周公領兵去討伐。周公就代替君王向臣民發布命令討伐叛軍，經過三年，終於平定叛亂。代行君王身分的大臣要如何描寫呢？「司」的甲骨文也是一個伸出雙手且開口（）大聲發布命令的人，值得注意的是，「司」和「后」的字型非常接近，只有左右翻轉的差別而已。

甲 金 篆

好 ㄏㄠˇ hǎo

有孩「子」的「女」人，美善也（請參見「子」，第一章，19頁）

嬰 ㄧㄥ yīng

掛在「女」人（）頸項上的「貝殼項鍊」（，賏），

引申為女人所珍愛的「新生兒」。金文是由「貝」與「女」所構成，表示女人穿戴的貝殼飾品，篆體則表示掛在女人頸項上的「貝殼項鍊」（賏，ㄧㄥ）。「賏」是將貝殼串連起來的飾品。

「嬰」的本義是「女」人所喜愛的「貝殼項鍊」，是珍貴的物品。在秦漢以前，「嬰」常被用

金 篆

作人名，例如出使楚國的晏嬰，還有秦朝最後一位皇帝子嬰等。「嬰」引申為女人所鍾愛的「新生兒」。以「嬰」為聲符所衍生的字有櫻、鸚、纓、罌等。

要 ㄧㄠ yāo

或ㄧㄠˊ，yáo。女人生子。

引申義為（女人）迫切的需求。在古代，種族得以強大需依賴生養的能力，無法生育是婦女的恥辱，必然要承擔極大壓力，因此生孩子是婚後婦女迫切的需求，「要」就是表達這種渴望。

古文「要」似乎描繪出女人分娩的畫面，金文及篆體描繪兩隻手（）從女（、）人身上取嬰兒（圓形物體）出來。另一個金文則描繪一個倒臥的女人（）上方有「兩隻手」撥開女人的產道（一個狀似三角形的開口），在左下角處有一個嬰兒連著「臍帶」（，糸，環環相連的繩子），另一個篆體像是「兩隻手」在結紮嬰兒「臍帶」。「要」引申出兩個基本的意涵，一個是重大之事，另一個是渴求，相關用詞如「想要」、「要求」、「要害」、「摘要」等。

腰 ㄧㄠ yāo

「女人生子」（）的「身體器官」（）。

金

篆

婁 ㄌㄡˊ

lóu

或ㄌㄩˇ，lǚ。連連生女。

孔子的父親孔紇，因元配一連生了九個女兒，卻沒生兒子，他擔憂無人能繼承家業，於是接連娶了第二任與第三任妻子，直到孔紇七十二歲時生了孔子，才得以一償生兒子的心願。

篆體的「婁」有好幾種構形，描繪兩個「女」被框住，表示母親的子宮（）裡有兩個女（）嬰；則描繪一個躺臥的「女」人，雙腳張開，雙腳之間有兩條分開的臍帶，上方有兩隻手（）忙著接生並處理臍帶；是調整筆順後的結果，兩隻手、臍帶及張開的雙腳已經演變成（口）與（毌），代表從女人身上的開口（）處，連貫（）的生出孩子來。毌的甲骨文、金文及篆體代表連續將兩物體貫穿，毌是貫的本字。

在古代重男輕女的社會裡，女子希望生個男胎，卻連連生出女嬰，所以「婁」引申為連續不斷，音發ㄌㄡˊ，具有這個意涵的「婁」，後人改作「屢」。又因為她所產的都是女嬰，空歡喜一場，所以「婁」又引申出「空」的意涵，音發ㄌㄡˊ，相關用詞如「婁空」。以「婁」為聲符所衍生的字有屢、縷、褸等，發ㄌㄩˇ聲，以及樓、簍、摟、髏、鏤等，發ㄌㄡˊ聲。「婁」的簡體字為「娄」，是由草書演化而來。

女人的婚姻與生活處境

搶婚是原始社會的習俗，成年男子透過掠奪其他部族婦女的方式來締結婚姻並彰顯其英勇行為。搶婚習俗在游牧民族間流傳甚久，據說鐵木真的母親訶額倫當年是被鐵木真的父親也速該從蔑兒乞人手中搶來的。直至今日，許多國家依然存在此一習俗，例如貧窮多山的中亞國家吉爾吉斯境內，仍至少有三成的妻子是在不情願的情形下被丈夫綁架成婚。台灣布農族至今仍然保有搶婚習俗，但只是象徵性的儀式而已，並不是真的去搶婚。

甲骨文、、似乎像是一幅又一幅搶奪女子的畫面。遠古時期，部落之間為了搶奪地盤，常常有爭戰，搶奪別族女子為妻、為奴婢的習俗也極為普遍。

傳說自從黃帝被各部落首領推舉為共主以後，情況開始改觀。為了杜絕搶婚習俗造成部落間的摩擦，黃帝決定以身作則，娶妻時，重才德，輕美色。他所娶的第一個妃子嫘祖，極有才能，她發明了養蠶，並教導人民抽絲製衣。令人驚訝的是，黃帝娶的第四個妃子嫫母，是個極為醜陋的女子，從小父母嫌棄她，姊妹們躲避她，甚至醜到連壞人都畏懼三分，以致於現今還有人畫她的像來驅魔，然而，嫫母卻是一個有愛心又善於管理的女子，將宮裡的事打理得有條不紊。黃帝娶醜女的事件傳開之後，經過一段時間，許多部落首領終於被感化，搶婚習俗便慢慢減少了。

在男性為首的父系社會裡，女性協助男性，扮演整理家務的角色，處處順從。婦、如、委等字就充分反映出這種訴求，這種「男主外、女主內」的社會持續了數千年之久。

從「女」衍生出不少與婚姻及居家生活有關的字，其中與婚姻有關的字有妻、妥、娶、嫁、婚、婦及歸；與順服丈夫、公婆有關的字有如、恕、委、威；與人身安全有關的有奴、安等。

古代女人的婚姻

妻 ㄑㄧ qī

將髮簪插在頭上的女人。

《禮記》記載，周朝的女子，年滿十五歲就開始戴髮簪，好將頭髮挽成髮髻，稱為「及笄之年」，表示可以出嫁了。「笄」就是髮簪，是用來固定髮髻的。笄（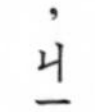，ㄐㄧ）表示竹（）製的兩支髮簪（）。故宮博物院藏有西周時期的雕骨鳥首笄，在鳥頭以下為髮簪的主要部分，其形狀像「干」（）。女子用手挽出一個髮髻，再以兩支髮簪（）固定，就有一種成熟女人的風韻，可以做妻子了。

「妻」的金文像是頭髮上插著兩三支髮簪的母親，而篆體、更顯示有三支髮簪整齊（、，齊的古字）插在女子頭上。不過，就甲骨文及金文來看，似乎仍隱含著抓女人為妻的痕跡，這可能是早先所遺留的搶婚陋習。而到了周朝，「妻」便改成了戴髮簪的女子。

妥 ㄊㄨㄛˇ tuǒ

「抓」（，爪）到「女」（）人就可以安定下來了？

甲骨文、金文及篆體都是由「爪」與「女」所構成的會意字，表示「抓」到「女」人，就可以安定下來成家立業了，這可能是原始社會搶婚習俗的產物。「妥」引申為安穩、適當，相關用詞如妥當、妥善等。

也有學者認為「妥」是指男人的「手」在安撫一個「女」人，但另一個金文似乎傳神地描繪一隻手抓著女人拖著走的意象。

甲 金 篆

娉 ㄆㄧㄥ pīng

值得他人「挑著大禮」（，甹）來聘取的「女」子（）。

古代婚禮，男方備好禮物向女方求婚稱之為「娉」。引申為姿態美妙的女子，相關用詞如娉婷。

篆

娶 ㄑㄩˇ qǔ

「取」（）得「女」（）子為妻。

「取」（、）表示以手（）抓耳（、）。「取」是描寫古代戰爭時，取敵人首級，再割下耳朵以回報戰功。

金 篆

婚 ㄏㄨㄣ hūn

「黃昏」（，昏）時將「女」人（）娶進門（請參見「昏、婚」，第二章，119頁）。

嫁 ㄐㄧㄚˋ jià

「女」人（）開始要建立一個新「家」（）。

出嫁就是女子與丈夫一起建立新家庭，相關用詞如出嫁、嫁妝等。

家 ㄐㄧㄚ jiā

下層有「豬」（，豕）圈的「房子」（）。

河南省焦作市在二〇一〇年出土了一批西漢陶製墓葬品，其中一具雙層建築陶器，下層為豬圈，上層為房舍，房舍內還設有廁所，排泄物可直接排入豬圈，與豬糞混合，以供作為肥料。而在更早的新石器時代，浙江餘姚河姆渡遺址上發現大規模的干欄式建築，是先在土中打入木樁，接著在木樁上架上橫梁並鋪一層木板，木板上再搭建供人居住的房屋。這種騰空的建築除了能防止水災及野獸侵害之外，底層還可以飼養家畜。

對先民來說，豬是極具經濟價值的財產，是家庭中不可或缺的，由甲骨文、金文、的構形，可看出先民過著一種人豬共處的生活方式。

婦 ㄈㄨˋ fù

手持「掃帚」（）的「女」人（）。

甲骨文、金文及篆體都是由「女」、「帚」所組成的會意字。婦，本義為灑掃的女人，引申為已婚的女人或掌管家務的人，相關用詞如家庭主婦、婦孺等。

「帚」的甲骨文是一枝可用來掃地的植物，上為枝葉，下為根；金文及篆體在植物莖幹中間添加了兩頭結紮，用以束綁的繩子，代表將數支植物綁成一束。古人用

馬帚草來製作掃帚，《大戴禮記》記載：「荓也者，馬帚也。」馬帚草除了被用來製作馬刷、掃帚之外，還被當作中藥。「婦」的簡體字為「妇」。

歸 ㄍㄨㄟ guī

女人拿起掃「帚」（ ），「追」隨（ ）著丈夫的「腳步」（ ）。

古代女子在出嫁前住在父母家中，但那不是她真正的家，日後所嫁的夫家才是真正的歸屬。因此，女子出嫁成為人婦稱為「歸」，就是說她回到屬於自己的家。

甲骨文（ ）、金文（ ）、（ ）都是由「追」（ 、 、 ）與省略女字旁的「婦」（ ）所組成的會意字，代表出嫁的「婦」女緊緊「追」隨夫婿。

「歸」的引申義包括：一，回到屬於自己的地方，相關用詞如歸來等；二，出嫁，相關用詞如「于歸」；三，依附，取其緊緊跟隨夫婿之義，相關用詞如「歸附」、「依歸」。「歸」的簡體字為「归」，其中，「追」已被簡化成兩撇。

甲 金 篆

女人要順從體貼丈夫與婆婆

如 ㄖㄨˊ rú

「女」（ ）人依從男人之口（ ）。

甲骨文（ ）及篆體（ ）都是表示女人（ ）應依順父親或丈夫之口（ ）。所謂的「三從四德」，三從是指未嫁從父、出嫁從夫、夫死從子，古代社會總是期望女性能順服男性。「如」的引申義為「與……相同」，相關用詞有「如

金 篆

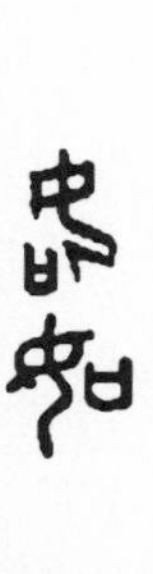

同」、「如今」、「如果」等。

恕 ㄕㄨˋ shù

「如」（）人之「心」（），也就是體諒他人之心，處處站在他人立場而行事。

孔子說：「其恕乎：己所不欲，勿施於人。」這就是一種體貼他人的「恕道」。恕的本義是推己及人，引申為原諒他人，因為體諒，所以能原諒也。相關用詞如忠恕、饒恕等。

「仁」與「恕」是孔子思想的中心，這兩個字最早出現於《論語》，而且只有篆體而沒有甲骨文及金文，因此，可以推斷是孔子那個時代所造的字。

篆 

委 ㄨㄟˇ wěi

「女」（）子的頭低垂如稻穗（，禾）一般。

人的頭什麼時候會像稻穗一樣低垂呢？通常是表示順從、受了委屈或拜託他人的時候，所以「委」引申為曲折、勉強順從、拜託，相關用詞如委屈、委婉、委託、推委等。

篆 

矮 ㄞˇ ǎi

身體「萎縮」（）如短「箭」（，矢）。

篆體是由「身」與「委」所組成的會意字，表示「身」體「萎」縮的人。篆體（矮）把「身」改成「矢」，這是因為古代以「弓箭」來測量長度。量「短」的器物用「矢」，量「長」的器物用「弓」。矮的相關用詞如矮小等。《說文》：「矮，短人也」。《說文》：「有所長短，以矢為正」。

倭 ㄨㄛ wō

「身材短小」（，委）的「人」（）。

明朝稱日本海盜為倭寇，就是因為他們身材短小的緣故。

痿 ㄨㄟˇ wěi

身體「萎縮」（，委）躺在家中的床上（，疒）。肢體「萎」縮的一種「病」症。

萎 ㄨㄟˇ wěi

「枯乾下垂」（，委）的「草」（）。

諉 ㄨㄟˇ wěi

以「言」語（）推「委」（，委）責任。

威 ㄨㄟ wēi

拿著「長柄大斧」（，戌）的「女」人（）。

金文及篆體表示拿著「長柄大斧」的「女」人，引申為令人畏懼、震懾，相關用詞如威武、威嚴等。女人雖然身軀嬌弱，但是拿

金

篆

起大斧，男人也要怕她三分。

古代媳婦稱丈夫的母親為「威姑」（今天稱為婆婆），因其手中有權柄，令媳婦敬畏不已。殷商武丁王的妻子婦好所用的銅製大斧（銅鉞）還保存到今天，婦好不僅是女王后，同時也是女將軍，曾經率領軍隊征伐鄰國，如夷方、羌方及土方等，戰功彪炳。

「戌」的甲骨文、及金文構形是一把長柄大斧。在殷商時代，銅製大斧是常見的武器，另一個金文及篆體則是逐步調整筆順的結果。

女人的人身安全

奴 ㄋㄨˊ

nú

被他人「俘虜」或「掌控」（）的「女」人（）。

甲骨文、金文及篆體都把「奴」描繪成一個被「掌控」的「女」人。在遠古的蠻荒時代，兩族交戰時，戰敗的族群，男子被殺而女子則被抓去當奴隸，不過，在夏朝之後，「奴」的稱呼也用在男子身上。

夏朝開啟大規模的奴隸制度，殷商積極發展，在西周時達於鼎盛。這些奴隸的來源幾乎都是戰敗的俘虜，然而，到了戰國，奴隸社會逐漸瓦解，轉由罪犯替代奴隸的工作。夏商時代的奴隸，生活極其悲慘，到了西周則有稍微人道的規範，例如有爵位的人、年齡超過七十的老者、尚未換牙的孩童都不得為奴。「奴」的相關用詞如奴隸、奴婢、奴才、匈奴等。

奴隸不但要從事繁重的勞動工作，而且常受主人欺壓，心裡自然忿忿不平，所以，「怒」就是由「奴」衍生而來的。怒的篆體表示「奴」隸（）之「心」（），一顆被奴役

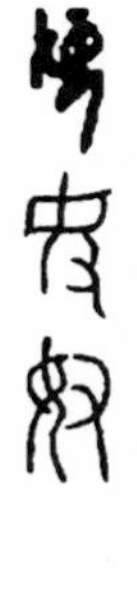

甲　金　篆

的心，引申為憤恨不平的意思，相關用詞如憤怒、怒視等。

安 ㄢ ān

躲在「屋子」（）裡的「女」人（）。

甲骨文 像是一個受驚嚇的「女」人躲在「屋子」裡，金文 及篆體 表示一個在屋子裡的女人，引申義為太平無事、安靜，相關用詞如安全、平安、安慰等。

在古代，女人出門在外很危險，稍有不慎可能就被搶婚或被抓去當奴隸，相較之下，躲在屋子裡就安全得多了。

妓 ㄐㄧˋ jì

手拿「支」條（）擊打樂器而歌唱的「女」人（）。

戰國漁獵宴樂紋銅壺上所雕刻的「擊磬女樂」，婀娜多姿的體態，極為生動。《正韻》：「妓，女樂也。」

雖然在周朝之前就已經發明文字，但是這段時期的文獻幾乎是空白的，甚至連最早的史書——周人所寫的《尚書》——也都是殘缺的。文獻不可得，我們就只有藉助文字來推敲遠古文化。

始、姓、民、后這些古字顯示了女性在母系社會裡的地位，但由於女性在體能上的柔弱，不善於征戰，結果由男性領導的族群不斷強盛，於是逐漸轉向父系社會，而透過許多古字的構字意涵，還是依稀可揣摩女性在古代父系社會中的境遇。甲骨文把 描繪成受武力控制的女人，可見古時候有許多女奴。她們遭受不人道的欺壓，心裡自然憤怒不已，因此由「奴」衍生出怒（）。遠古時期，以武力強抓女人為「妻」（）或強「娶」（）女人的野蠻習俗，常使女性的人身安全受到極大威脅，因此「女」人必須躲在房子裡才能「安」（）全。然而，她必須順服房子裡的男人，她的「口」必須順應（）男人所說的話，而且要有體諒男人的心，如此才能寬「恕」（）男人。在婆婆面前，「女」人的頭要像稻穗（禾）一樣低垂，即使受了「委」（）屈，顯得「萎」（）靡不振，身體好像「矮」（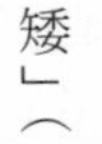）了一截，也要百般忍耐，但只要等到媳婦熬成「婆」，就可「威」（）風八面了。這或許是古代女人的生活寫照吧！

另外，從構字來看，漢人相當重視親屬間的倫理關係，因此親屬名稱分得非常詳盡，不像英文裡將兄與弟一律稱為brother，將姊與妹通稱為sister，將叔叔、伯父、舅舅等一律稱為uncle，將伯母、嬸嬸與舅媽等一律稱為aunt。

就親屬名稱而言，男性親屬名稱並不具有男的偏旁，但女性親屬的名稱幾乎都有女字旁，如媽、娘、姆、婆、姐、妹、嬸、姨、姑、婊、嫂、婿、姪、媳等，而這些都是由女所衍生出的形聲字。

篆

綠蠹魚 YLC71

漢字樹：從圖像解開「人」的奧妙

作者……廖文豪
主編……吳家恆
編輯協力……郭昭君
美術構成……吉松薛爾
出版五部總監……林建興
發行人……王榮文
出版發行……遠流出版事業股份有限公司
地址……台北市南昌路二段八十一號六樓
劃撥……0189456-1
電話……02-2392-6899
傳真……02-2392-6658
著作權顧問……蕭雄淋律師
法律顧問……董安丹律師
製版印刷……中原造像股份有限公司
初版一刷……二〇一二年十二月一日
初版三刷……二〇一三年二月一日
行政院新聞局局版台業字第1295號
新台幣售價……三百二十元（如有缺頁或破損，請寄回更換）
ISBN……978-957-32-7093-5

ylib 遠流博識網
http://www.ylib.com
www.ebook.com.tw
e-mail: ylib@ylib.com

國家圖書館出版品預行編目（CIP）資料

漢字樹：從圖像解開「人」的奧妙 /
廖文豪作. 一 初版. 臺北市 ： 遠流,
2012.12
224面；17X23公分（綠蠹魚 ； YLC71）
ISBN 978-957-32-7093-5（平裝）
1.漢字 2.中國文字
802.2　　101021542